Klaus Hartwigk

Bildrepetitorium der Pathohistologie

gustav fischer
taschenbücher

Bildrepetitorium der Pathohistologie

Klaus Hartwigk

SEMPER BONIS ARTIBUS

Gustav Fischer Verlag · Stuttgart
1972

Anschrift des Verfassers:
Dr. Klaus Hartwigk, 563 Remscheid-Lennep,
Otto-Hahn-Str. 7

ISBN 3-437-10298-2

Druck: Grammlich, Pliezhausen
Einband: Sigloch, Stuttgart
Printed in Germany

Geleitwort

Über Wert und Unwert von Repetitorien gehen die Meinungen weit auseinander. Unbestritten ist die Beliebtheit beim Studenten, der insbesondere die Möglichkeit der „Kurzinformation“, sei es als Rekapitulation wie auch als Aneignung eines „Basiswissens“, schätzt.

Für einen Kurs der pathologischen Histologie sollte unter diesem Aspekt das Repetitorium vornehmlich der „optischen Auffrischung“ dienen. Schematische oder halbschematische Abbildungen sind für einen solchen Zweck wohl instruktiv, jedoch besteht zum histologischen Bild, das uns das Originalpräparat bietet, zumeist eine erhebliche Diskrepanz. Das Erkennen, oder besser gesagt das Wiedererkennen eines solchen Originalpräparates im Mikroskop stößt dann vielfach auf erhebliche Schwierigkeiten.

Hier will der Autor abhelfen, indem durch eine Farbfotografie das Bild des Originalpräparates in Erinnerung gerufen wird. Zudem werden die Abbildungen mit ausführlichen Legenden versehen.

Aus der Sicht des Examenskandidaten verschafft das Erkennen eines histologischen Präparates zumeist ein beruhigendes Gefühl; jedoch sollte er auch daran denken, daß sich damit das Wissen um die pathologische Histologie noch nicht erschöpft. So sollte ihm das vorliegende Bildrepetitorium als Anregung dienen, weiter „in die Materie einzudringen“. Die Legenden, die in vielen Fällen über die eigentliche Bildbeschreibung hinausgehen, weisen den Weg.

Prof. Dr. med. K. Elster
Leiter des Pathol. Institutes
der Städtischen Krankenanstalten Bayreuth

Vorwort

Dieses Buch soll den Studierenden der Medizin eine Hilfe bei der Bewältigung des in den pathohistologischen Kursen dargebotenen Stoffes sein. Da es kein Lehrbuch ersetzen soll, werden lediglich Grundtatsachen in übersichtlicher Form beschrieben. Um dies so einprägsam wie möglich zu machen, wurden die pathologischen Veränderungen stichwortartig hervorgehoben und besonderer Wert auf eine gute farbige Darstellung der Präparate gelegt.

Es wurde versucht, in den Abbildungen alle charakteristischen pathologischen Veränderungen eines Krankheitsbildes zu erfassen. Dies ist jedoch nicht immer möglich, da nur selten alle Veränderungen mit einer Abbildung darzustellen sind. Es wäre eine Vielzahl von Bildern notwendig gewesen, die den Rahmen des Buches gesprengt hätte. Deshalb sagt der Text oft mehr aus als die betreffende Aufnahme. Diese Zusätze sind im Buch in eckige Klammern gesetzt bzw. durch Kleindruck gekennzeichnet.

Die Originalaufnahmen (24 × 36 mm) wurden jeweils zur Abbildung dreifach vergrößert; die angegebenen Vergrößerungsfaktoren setzen sich also aus der Originalvergrößerung multipliziert mit dem Faktor 3 zusammen.

Frau Priv.-Doz. Dr. med. dent. A. Fleischer-Peters ermöglichte mir die Herstellung der Bilder; ich danke für ihre freundliche Unterstützung. Herrn Prof. Dr. med. K. Elster, der die wissenschaftliche Beratung und Korrektur des Buches übernahm, bin ich zu besonderem Dank verpflichtet, insbesondere auch für die Überlassung der Abbildung „akute Appendicitis“. Frl. Dr. med. G. Bergan war mir bei der Durchsicht des Textes behilflich. Weiter gilt mein Dank Herrn G. Schmidt-Kaler für seine zahlreichen Ratschläge sowie seine Mitarbeit bei der Gestaltung des Buches. Ebenso danke ich dem Gustav Fischer Verlag, der die Herausgabe des Buches ermöglichte.

Remscheid, im Sommer 1972 K. Hartwigk

Inhalt

Fruchtwasseraspiration

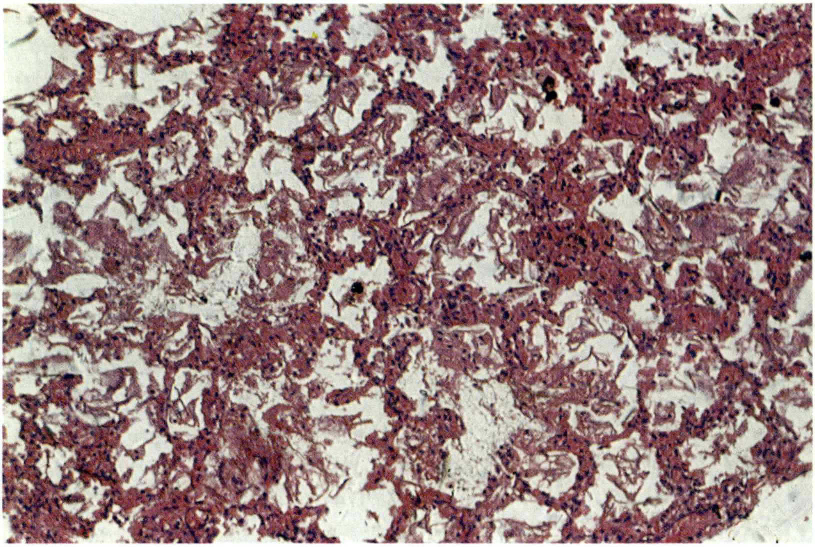

Fbg.HE, Vergr.120×

1. Ausfüllung kleiner Bronchien und einzelner Alveolen mit Fruchtwasser und Mekonium (Darmepithelien, eingedickte Galle, Schleim, Lanugohaare und Plattenepithelien)
2. Hyperämie der Kapillaren in den Alveolarsepten

Interstitielle plasmazelluläre Säuglingspneumonie

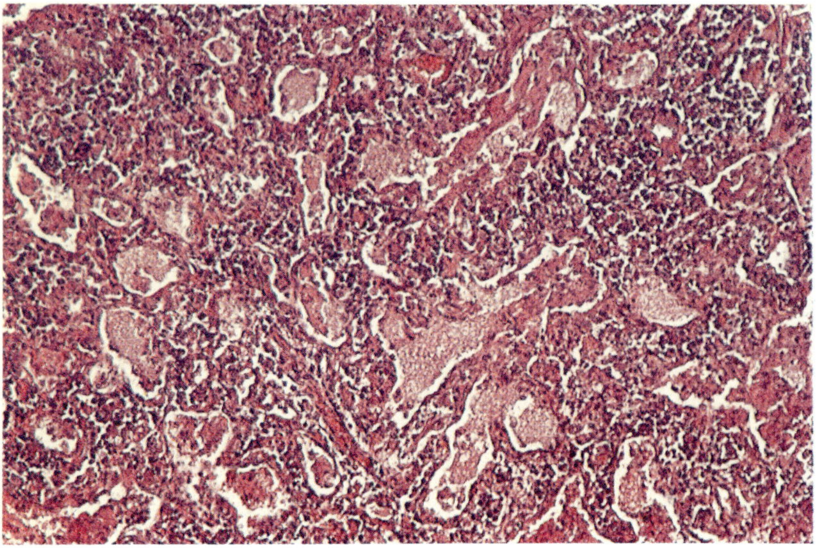

Fbg.HE, Vergr.120×

1. Wabiges Material (= Erreger) in den Alveolen
2. Verbreiterung der Alveolarsepten durch Plasmazellen, Histiozyten und Lymphozyten

Erreger: Pneumocystis carinii (Einzeller oder Hefepilz)

Silikose

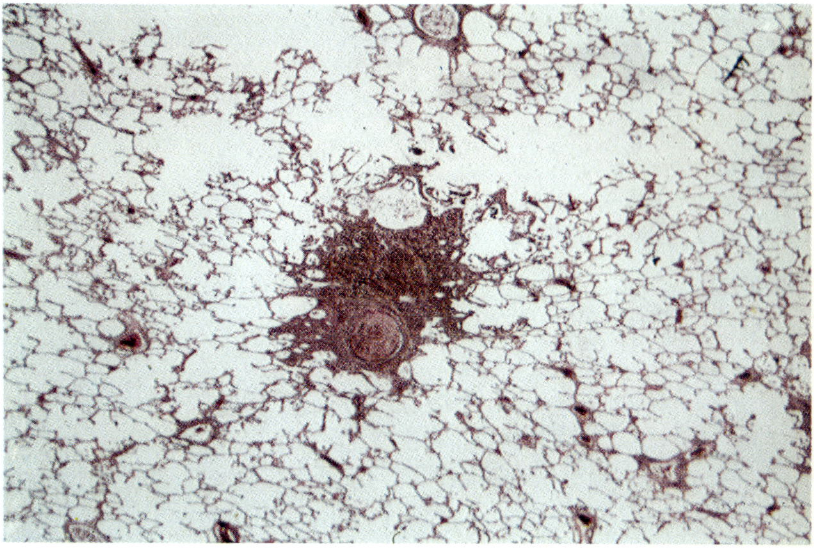

Fbg.HE, Vergr.12×

1. Zwiebelschalenartige Schichtung der Fasern im Zentrum eines Knötchens
2. Oft perinoduläres Emphysem
   a) wechselnd weite Alveolen
   b) Schwund und Atrophie der Alveolarsepten

Quarzhaltiger Staub führt zu einer Pneumokoniose. Interstitieller Prozeß!

Anthrakose der Lunge

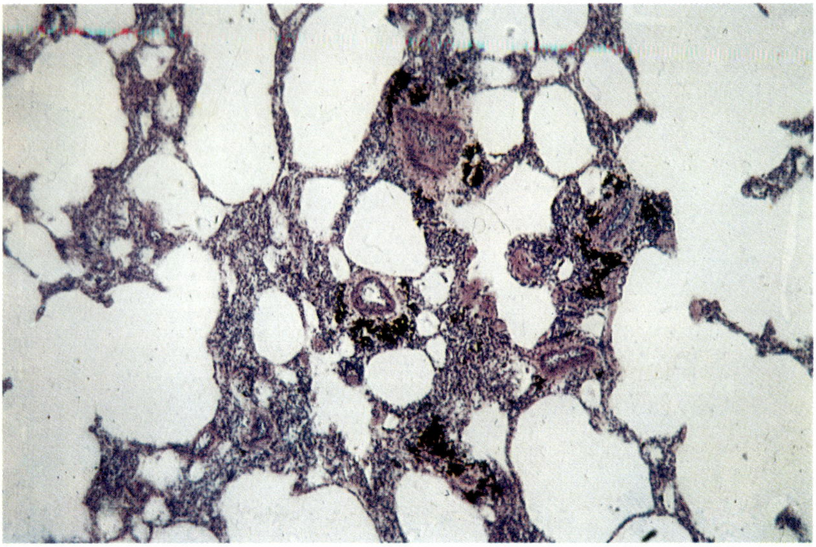

Fbg.HE, Vergr.48×

1. Phagozytose von Kohlenstaub durch die Alveolarepithelien (Staubzellen)
2. Ablagerungen von Kohlenstaub in einem gering vermehrten Interstitium

Lungenödem

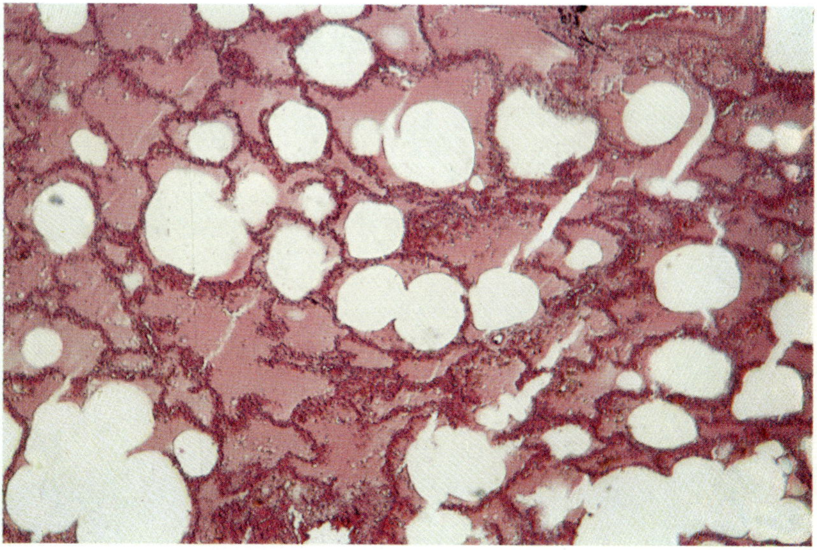

Fbg.HE, Vergr.48×

1. Hyperämie der Alveolarkapillaren
2. Alveolen angefüllt mit einer eosinroten, homogenen Masse (Blutserum) und Luftblasen
3. Abgeschilferte Alveolarepithelien in der Masse

Ursache des Ödems:

1. Drucksteigerung im pulmonalen Kreislauf
2. Permeabilitätsstörung
3. Entzündung (perifokales Ödem)

Fettembolie der Lunge

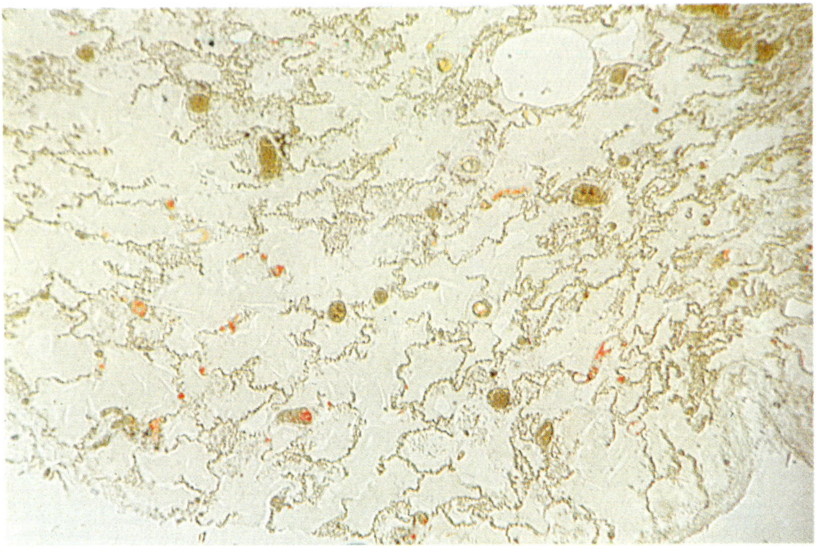

Fbg.Hämotoxylin-Sudan, Vergr.30×

1. Rotgefärbte Fettmassen in den Kapillaren der Alveolarsepten
2. Hyperämie und Lungenödem

Hämorrhagischer Lungeninfarkt

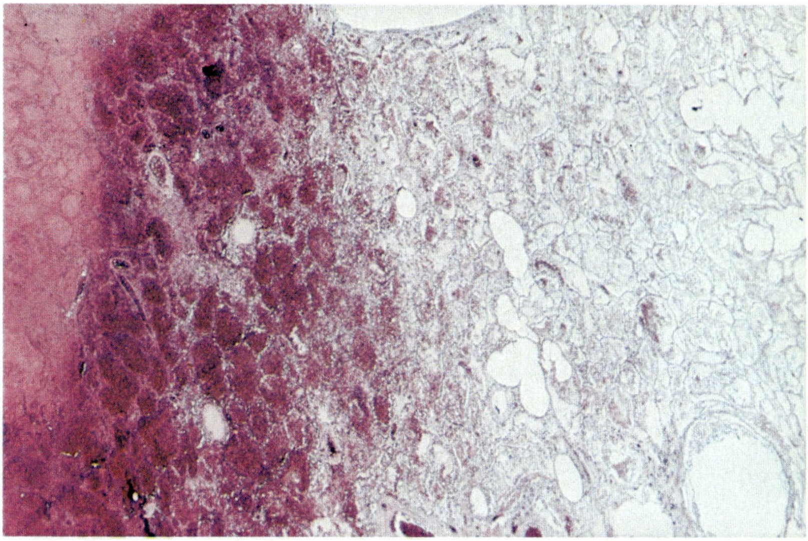

Fbg.HE, Vergr.120×

1. Alveolarsepten sichtbar, aufgehobene Kernanfärbbarkeit (Nekrose)
2. Lumen der Alveolen mit Erythrozyten angefüllt
3. Zeichen der chronischen Stauung am lufthaltigen Parenchym (Ödem)
4. Pleuritis über dem Infarktgebiet

Chronische Stauungslunge

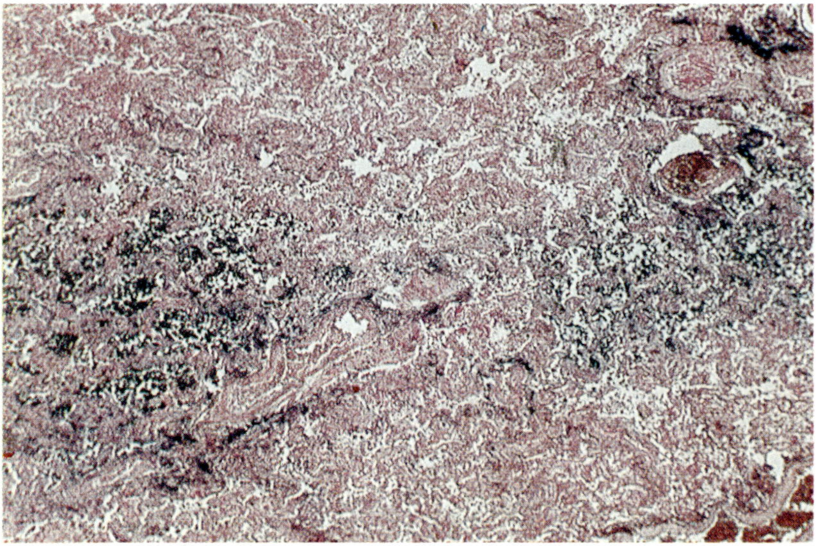

Fbg.HE, Vergr.30×

1. Verbreiterte Alveolarsepten durch:
   a) Faservermehrung
   b) erweiterte Kapillaren
2. „Herzfehlerzellen" im Lumen der Alveolen

Abgelöste Alveolarepithelien phagozytieren Erythrozyten und wandeln das Hämoglobin zu Hämosiderin um („Herzfehlerzellen").

Pneumonie*

A. Intraalveoläre:
   1. Lobäre, croupöse Pneumonie
      a) Stadium der Anschoppung:
         Plasma, Alveolarepithelien, einige Leukozyten
      b) Stadium der roten Hepatisation:
         Erythrozyten, Leukozyten, Alveolarepithelien, Fibrin
      c) Stadium der grauen Hepatisation
         dichtes Fibrinnetz, Leukozyten
      d) Stadium der gelben Hepatisation
         zahlreiche Leukozyten, Fibrinnetz
      e) Lysis
   2. Herdpneumonie
      a) Bronchopneumonie (lobuläre Pneumonie)
      b) Peribronchiale Pneumonie

B. Interstitielle:
   Entzündliche Infiltrate in den Alveolarsepten.

Hepatisation:
Konsistenz wie die Leber, da luftleer

* *Einteilung in Anlehnung an SANDRITTER*

Lobäre Pneumonie: Stadium der roten Hepatisation

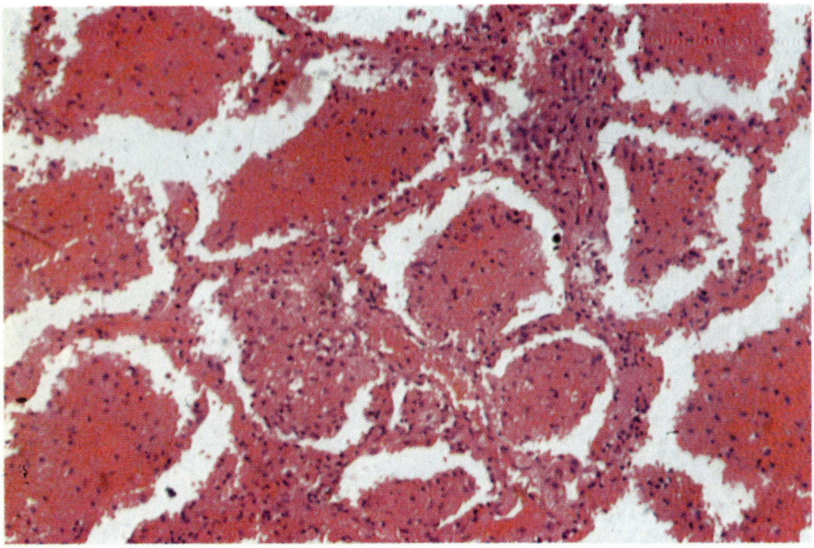

Fbg.HE, Vergr.120×

1. Dichte Lagerung von Erythrozyten in den Alveolen, dazwischen einige Leukozyten und Alveolarepithelien.
2. Fibrinnetz
3. Hyperämie der Alveolarsepten

Lobäre Pneumonie: Stadium der grauen Hepatisation

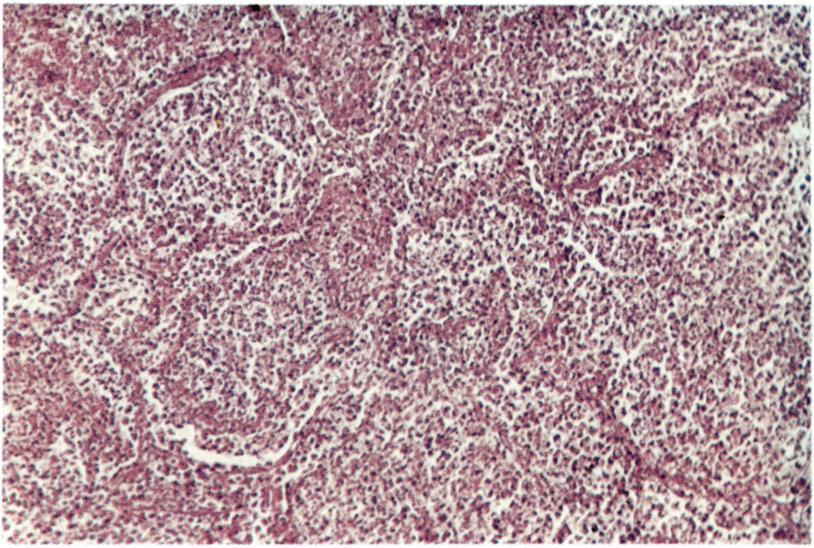

Fbg.HE, Vergr.120×

Dichtes Fibrinnetz mit Leukozyten im Alveolarlumen

Lobäre Pneumonie: Stadium der grauen Hepatisation

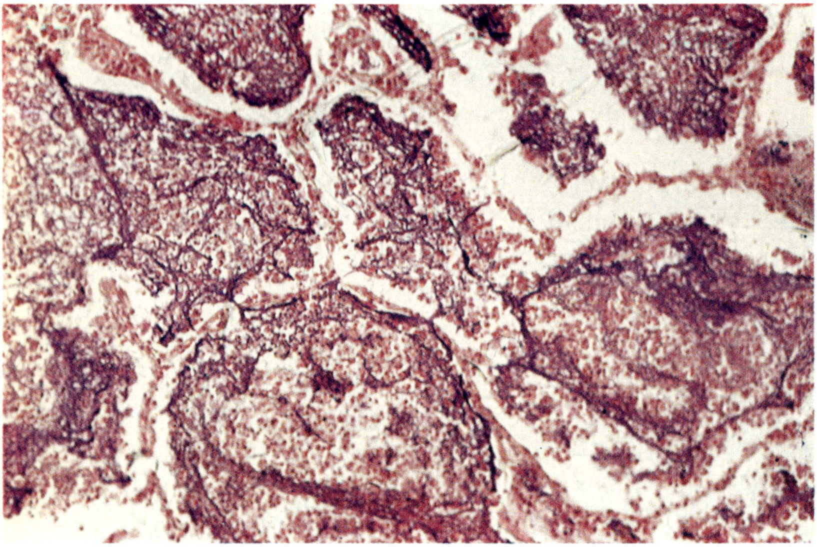

Fbg.Fibrinfärbung nach Weigert, Vergr.120×

Fibrinfasern ziehen von einer Alveole zur benachbarten durch die Alveolarwandporen

Chronische Pneumonie

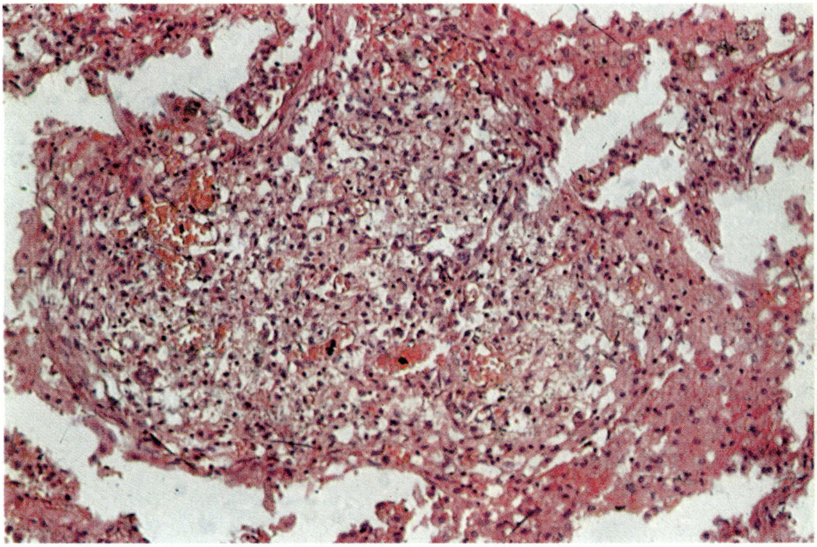

Fbg.HE, Vergr.120×

Granulationsgewebe im Alveolarlumen

Karnifikation (fleischähnliche Konsistenz) des Parenchyms beim Ausbleiben der Lysis

Bronchopneumonie

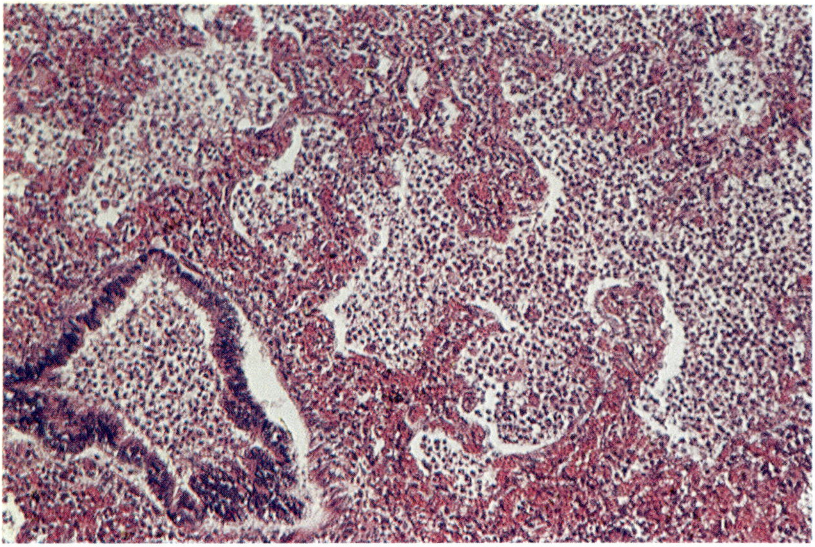

Fbg.HE, Vergr.120×

1. Leukozyten im Alveolarlumen und in den Bronchien
2. Alveolarwände erhalten
3. Konfluenzneigung der Herde

Miliartuberkulose der Lunge

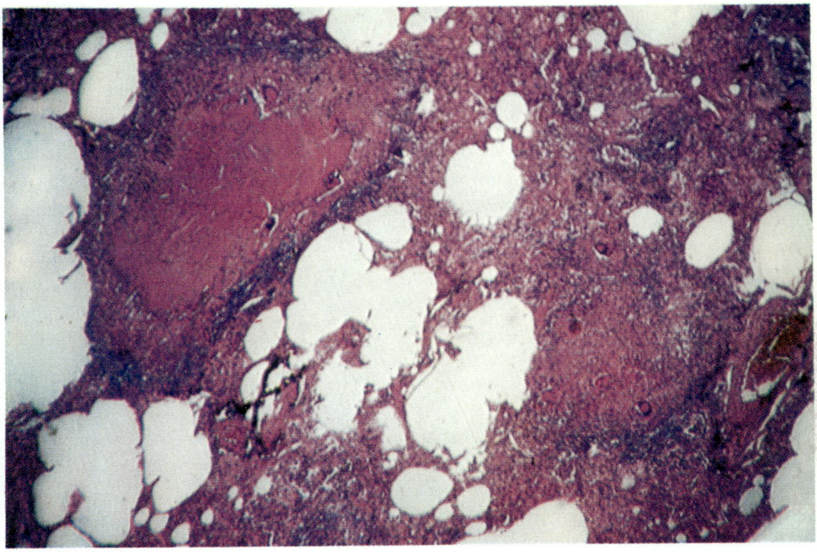

Fbg.HE, Vergr.30×

Unregelmäßige Lage von Tuberkeln im Lungengewebe

Miliartuberkulose der Lunge

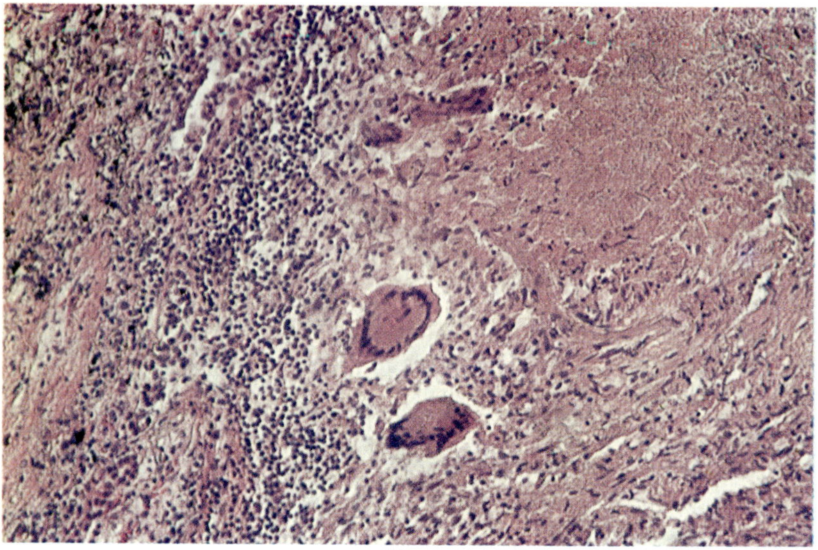

Fbg.HE, Vergr.120×

Tuberkel:

a) Käseherd (tuberkulöse Nekrose)
b) Epitheloidzellen (Abstammung von Bindegewebszellen)
c) Langhanssche Riesenzellen (Entstehung aus Epitheloidzellen)
d) Granulationsgewebsrand mit Lymphozyten, aber ohne Kapillaren

Langhanssche Riesenzelle und Epitheloidzellen

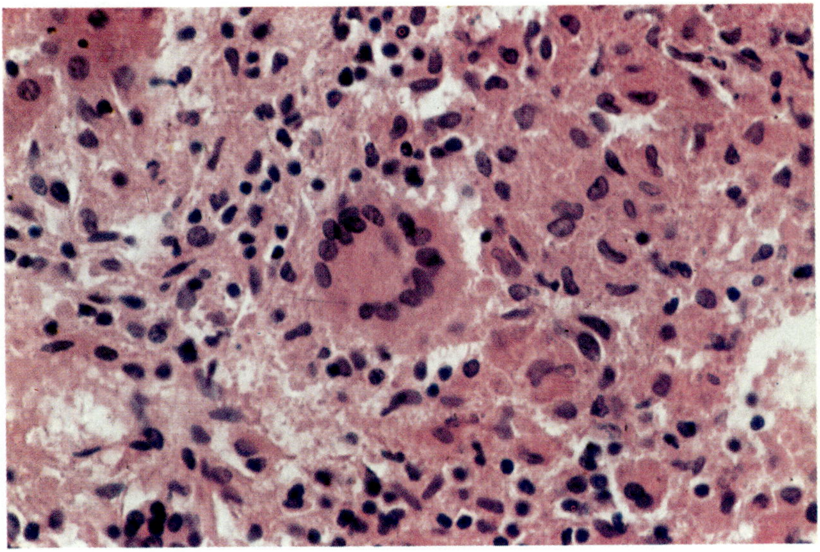

Fbg.HE, Vergr.480×

Käsige Pneumonie

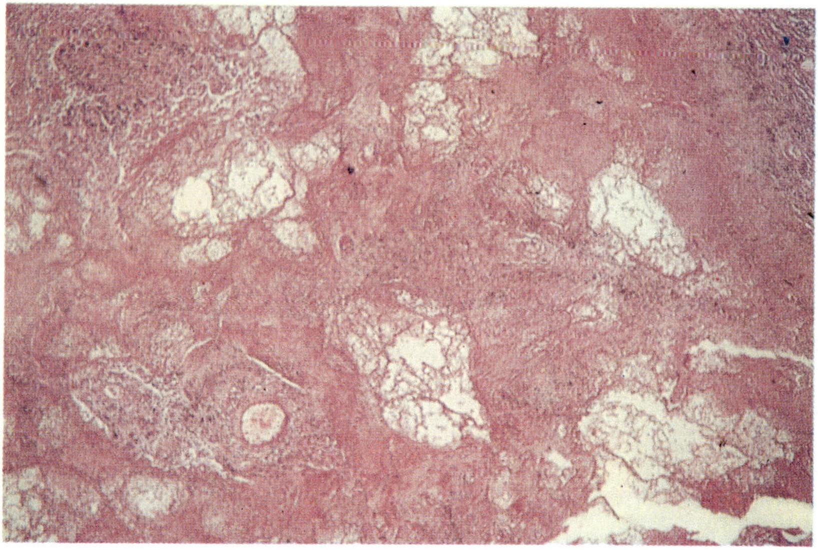

Fbg.HE, Vergr.48×

1. Alveolarsepten nur schwach zu sehen
2. Keine Tuberkel; nur eosinrote strukturlose Käseherde
3. Keine Langhansschen Riesenzellen.

Rheumatische Myokarditis

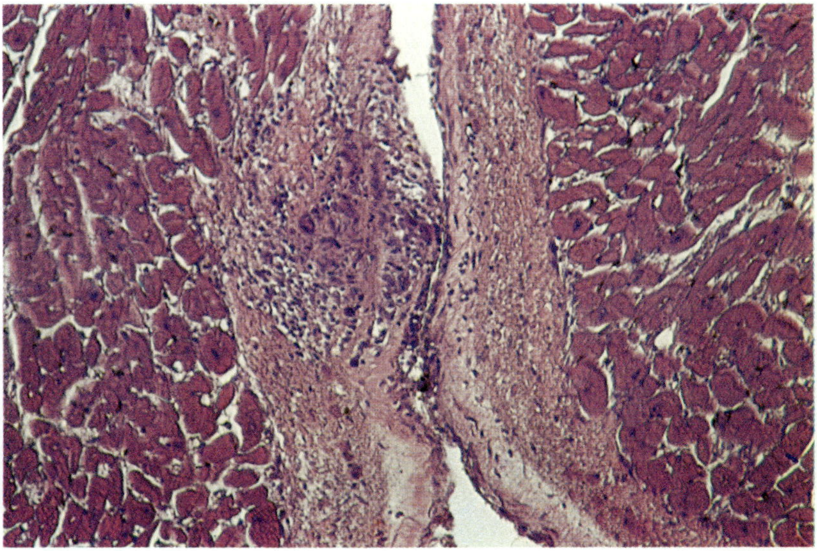

Fbg.HE, Vergr.120×

Aschoffsches Knötchen:

1. Histiozytäres Granulom mit Riesenzellen, im Zentrum eosinophiles Material (fibrinoide Nekrose)
2. Perivaskuläre Lage im Interstitium oder unter dem Endokard

Zeitlicher Ablauf der Entzündung:

1. Fibrinoide Nekrose
2. Histiozytäres Granulom
3. Spindelige Narbe

Fibrinöse Perikarditis in Organisation

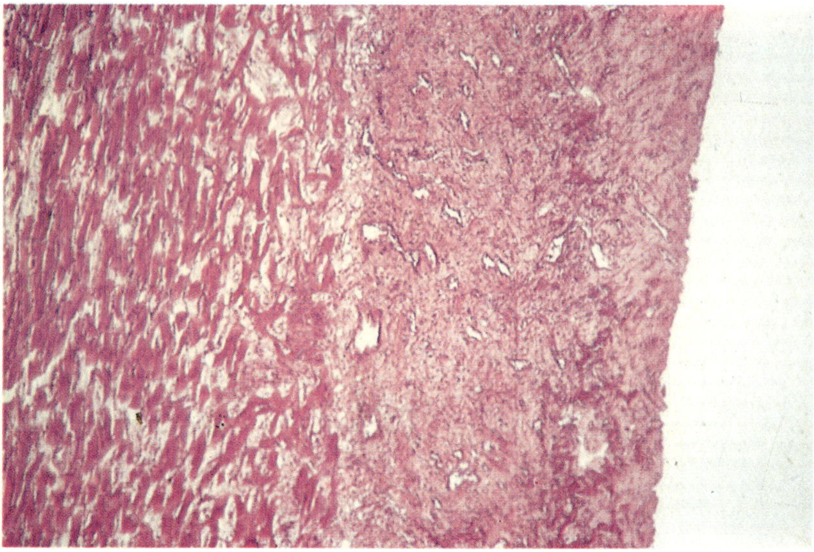

Fbg.HE, Vergr.48×

1. Eosinroter Fibrinsaum
2. Organisationsbeginn (Granulationsgewebe) nahe dem Myokard

Organisationsende:
a) Epikardschwiele
b) Perikardschwiele
c) strangförmige Verwachsungen
d) Concretio pericardii (Synechie)
e) Restitutio ad integrum (selten)

Akuter Herzinfarkt

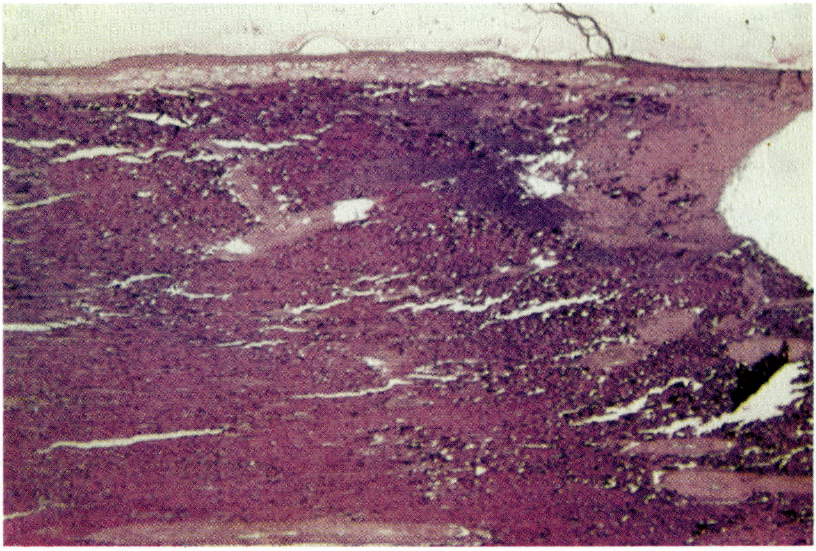

Fbg.HE, Vergr.12×

1. Herzmuskelnekrose (Koagulationsnekrose)
   a) Zellkerne fehlen
   b) homogene Muskelfasern verstärkt mit Eosin anfärbbar (Eosinophilie)
   c) Querstreifung fehlt
   d) Zellkerne des interstitiellen Bindegewebes und der Kapillaren teilweise noch erhalten
2. Leukozytäre Randzone
3. Hämorrhagische Randzone
4. Regelrechter Herzmuskel

Arteriosklerose

Chronischer Gefäßwandprozeß:

1. Quellung und plasmatische Durchtränkung der Intima (Intimaödem)
2. Hyaline Umwandlung der Plasmaeiweiße
3. Einlagerung von Lipoiden (Lipoidose) und Kalksalzen (sekundäre Kalzinose)
4. Sklerose der Intima
5. Atherombildung
6. Erweichung und geschwüriger Aufbruch (atheromatöses Geschwür)

Koronarsklerose

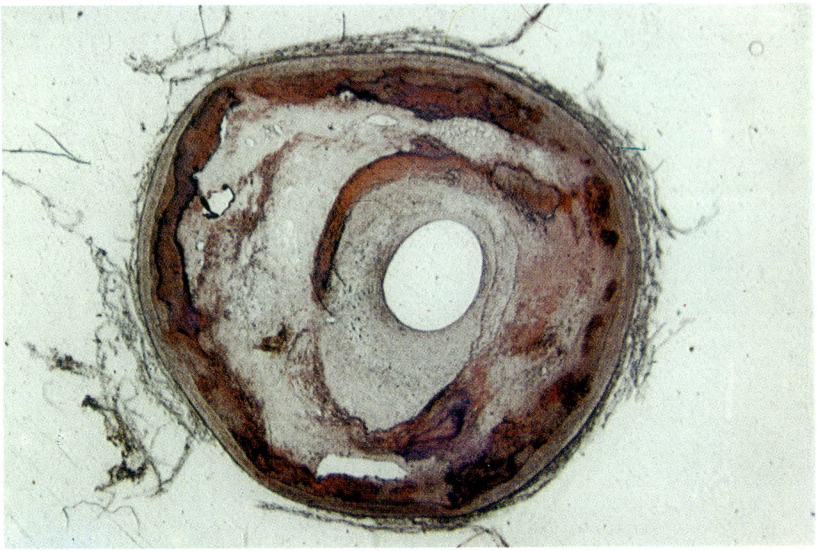

Fbg.Hämatoxylin-Sudan, Vergr.12×

1. Intima durch Fibrose und Lipoideinlagerung (Atheromatose) halbmondförmig verdickt
2. Atrophie der Media und Schwund der Membrana elastica interna im Bereich der Verdickung

Abscheidungsthrombus

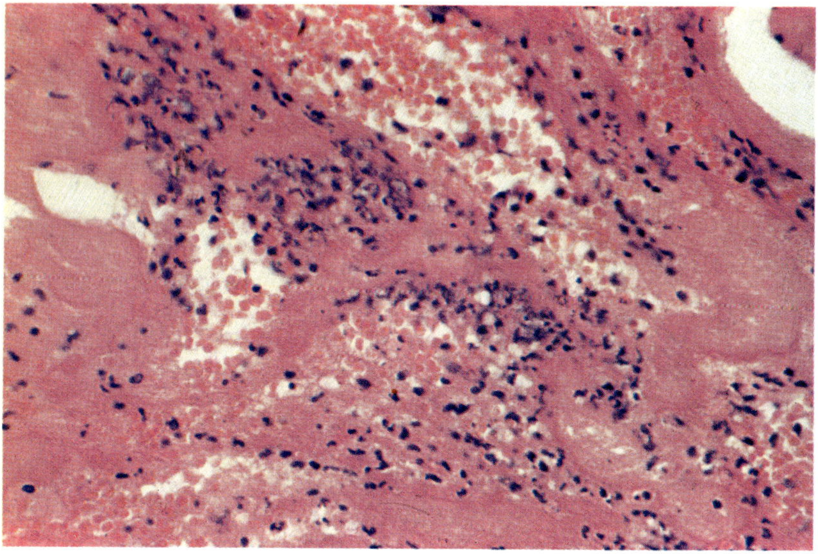

Fbg.HE, Vergr.300×

1. Korallenstockähnliche Thrombozytenzüge
2. Leukozytenwall
3. Erythrozyten und ein lockeres Fibrinnetz im Zwischenraum

Thrombus in Organisation

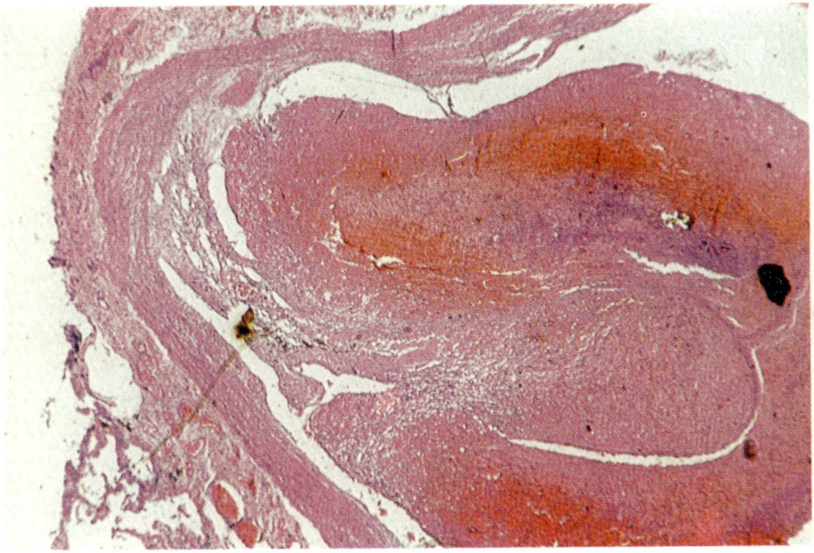

Fbg.HE, Vergr.30×

1. Gefäßwand mit endzündlichen Infiltraten
2. Granulationsgewebe:
   Kapillaren, Fibroblasten und Histiozyten, phagozytierte Hämosiderinkörnchen
3. Regelrechter Aufbau eines Abscheidungsthrombus
4. Gefäßlumen

Mesaortitis luica

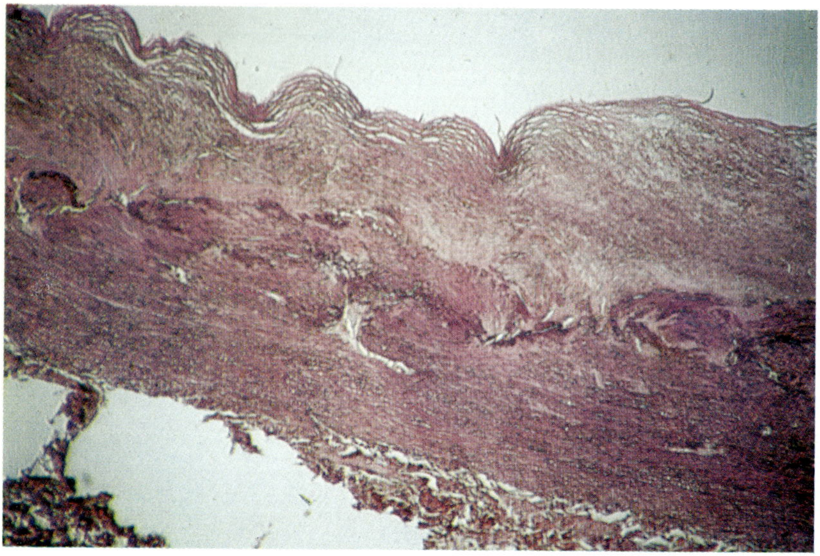

Fbg.Elastica-Kernechtrot, Vergr.48×

1. Veränderungen in der Adventitia:
   a) perivaskuläre lymphozytäre und plasmazelluläre Infiltrate der Vasa vasorum
   b) vermehrt kollagene Fasern (Narben)
2. Veränderungen in der Media:
   a) perivaskuläre Entzündung wie in der Adventitia
   b) Zerstörung der elastischen Fasern (Nekrose, Narbenbildung)
3. Veränderung in der Intima:
   sekundäre bindegewebige Verdickung (Sklerose)

Entzündung der Adventitia und Media bei tertiärer Lues

Granulierende Entzündung

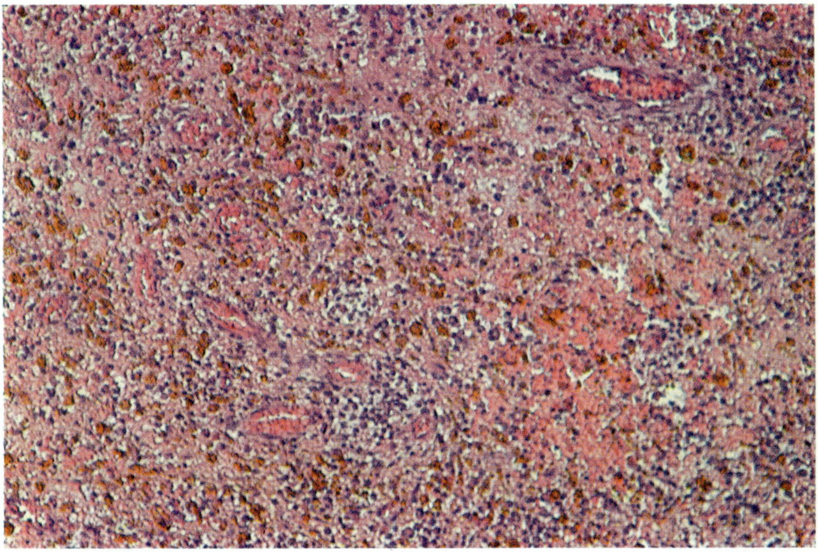

Fbg.HE, Vergr.120×

I. Wucherung von
   a) Fibroblasten (Faserbildung)
   b) Histiozyten (Verdauungsfunktion)
   c) Kapillarsprossen (Ernährungsfunktion)

II. Granulationsgewebe kann durchsetzt sein von
   Leukozyten,
   Lymphozyten und
   Plasmazellen.

1. Resorptionsgewebe 2. Ersatzgewebe 3. Demarkationsgewebe	Heilung = Narbe

nach SANDRITTER

Oberflächengastritis

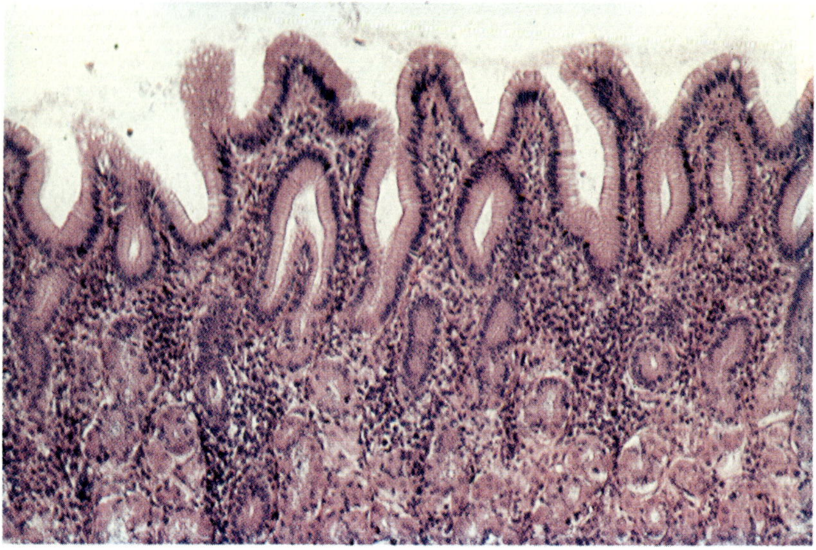

Fbg.HE, Vergr.120×

Durchsetzung der Tunica propria mit entzündlichen Infiltraten (Leukozyten, Plasmazellen und Histiozyten)

Magenulkus

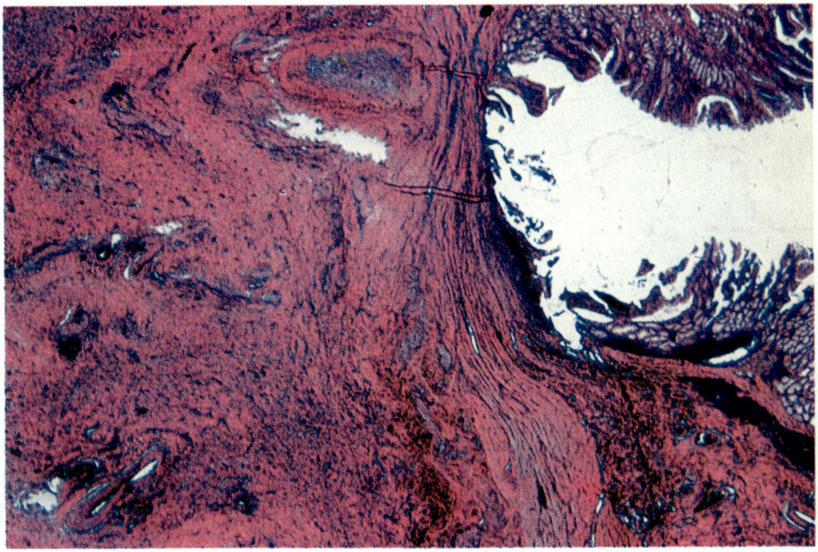

Fbg.HE, Vergr.12×

Ulkusgrund:
1. Nekrosezone
2. Fibrinoide Nekrosezone
3. Granulationsgewebe
4. Faserreiches Bindegewebe

Appendizitis

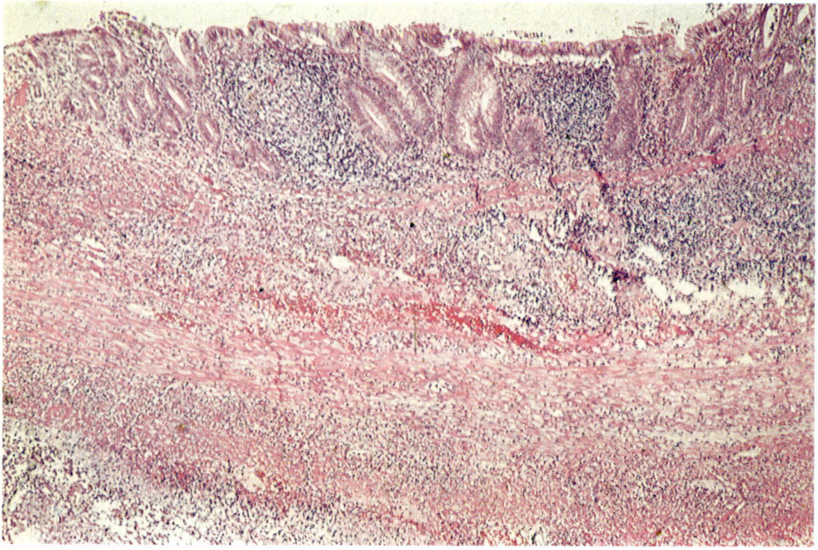

Fbg.HE, Vergr.12×

1. Schleimhautdefekt („Primärinfekt" nach ASCHOFF)
2. Fibrin, Leukozyten und Erythrozyten im Lumen
3. Verbreiterung der Submukosa (entzündliches Infiltrat)
4. Fibrinbelag des Peritoneums

Phlegmonöse Appendizitis

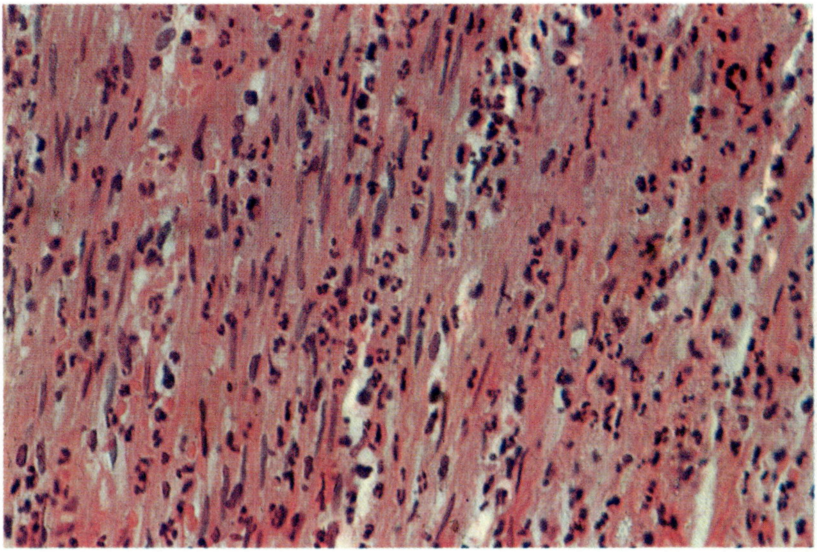

Fbg.HE, Vergr.300×

Diffuse Leukozyteninfiltration sämtlicher Darmwandschichten

Typhus: Markige Schwellung

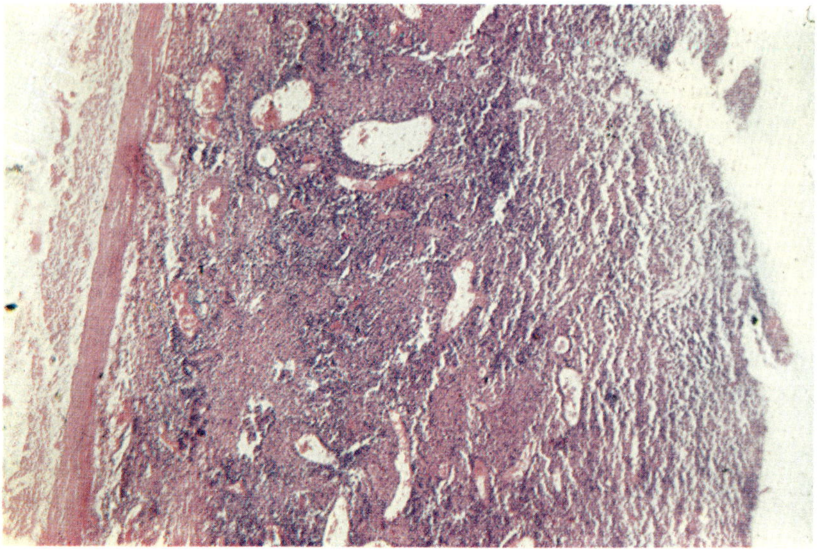

Fbg.HE, Vergr.48×

Vergrößerung der Lymphfollikel durch gewucherte Retikulumzellen (Makrophagen, Typhuszellen), nur wenige Lymphozyten und Plasmazellen

1. MARKIGE SCHWELLUNG:
   Vergrößerung der Lymphfollikel des Darmes
   (1. Krankheitswoche)
2. VERSCHORFUNG (Nekrose) der Lymphfollikel
   (2. Krankheitswoche)
3. ULZERATION: Abstoßung der Nekrose
   (3. Krankheitswoche)
4. REINIGUNG DER GESCHWÜRE durch Granulationsgewebe
   (4. Krankheitswoche)

Typhuszellen

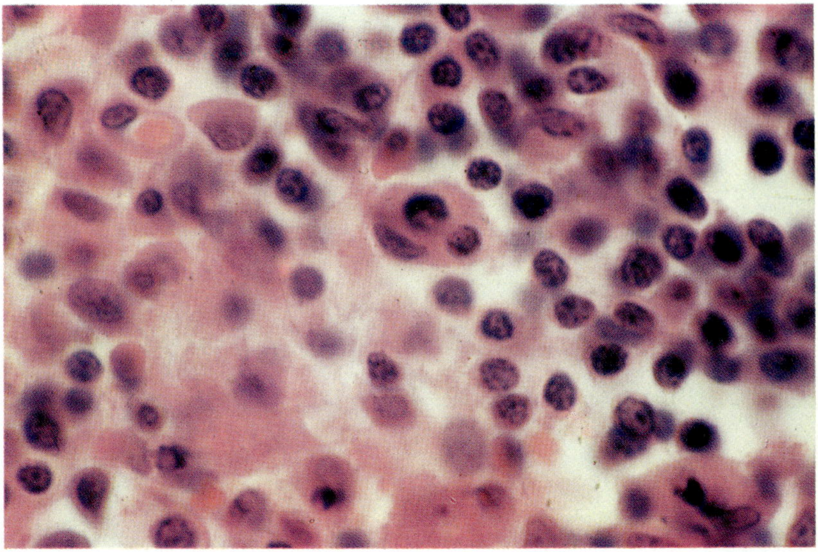

Fbg.HE, Vergr.1200×

Typhuszelle (Makrophage):
großer Zytoplasmaleib, beladen mit Kerntrümmern

Leber des Neugeborenen

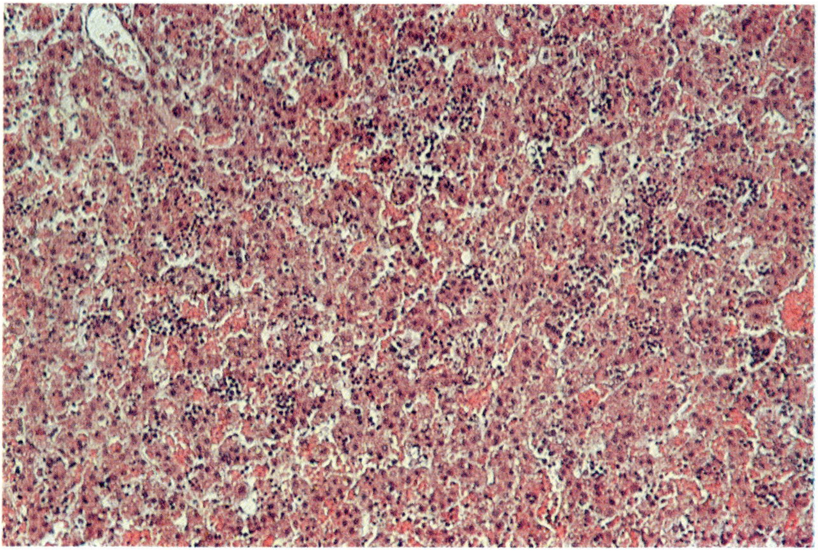

Fbg.HE, Vergr.120×

Reste fetaler Blutbildung herdförmig intrasinusoid gelagert

Vom 2.—7. Embryonalmonat dient die Leber als blutbildendes Organ: Leuko- und Erythropoese. Als Blutbildner dienen Riesenzellen und Kupffersche Sternzellen.

Leber bei Lues connata

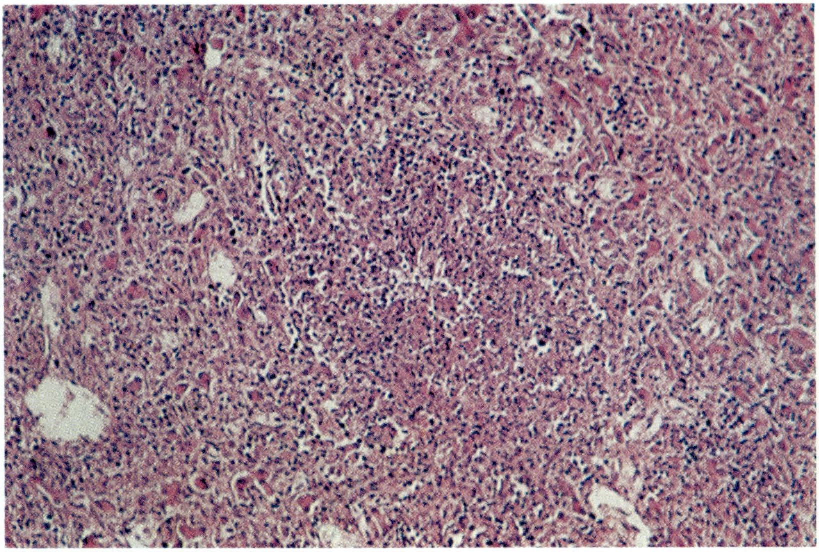

Fbg.HE, Vergr.120×

1. Die spärlichen Leberzellenbalken sind durch ein faserreiches Interstitium und ein Zellinfiltrat (Lymphozyten, Fibroblasten und Histiozyten) auseinandergedrängt
2. Nekroseherde mit Leukozyten und Lymphozyten

Makroskopisch: Feuersteinleber

Hämosiderose der Leber

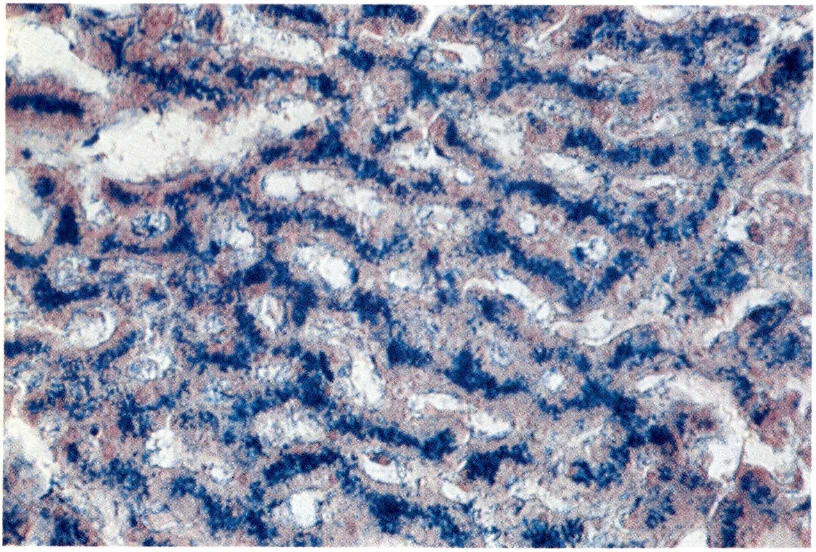

Fbg.Alaun-Karmin, Berliner-Blau, Vergr. 300x

1. Läppchenperiphere Ablagerung der Hämosiderinkörnchen in den Kupfferschen Sternzellen und im Zytoplasma der Leberzellen an den Zellwänden, die die Gallekapillaren bilden
2. Läppchenzentrum oft pigmentfrei

Leber bei Amyloidose

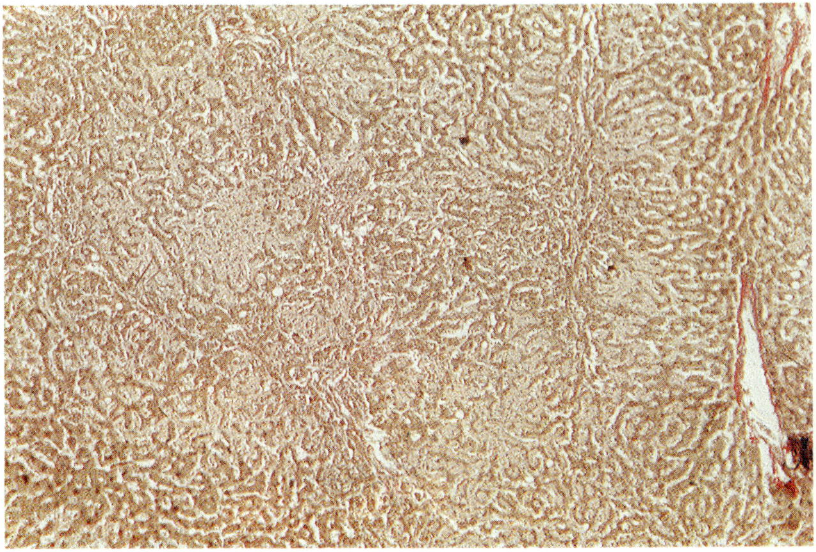

Fbg.v.Gieson, Vergr.48×

1. Leichter Grad:
   Ablagerung des Amyloids im Disséschen Raum
2. Höherer Grad:
   Starke Amyloidablagerung führt zur Druckatrophie der Leberzellbalken und Verengung der Sinusoide

Fettleber

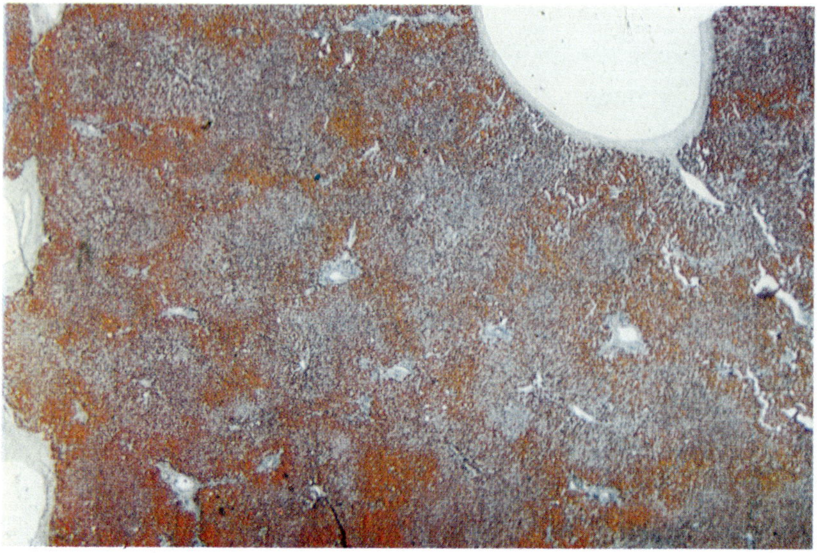

Fbg.Hämatoxylin-Sudan, Vergr.48×

1. Großtropfige, acinus periphere Verfettung der Leberzellen

Leber bei lymphatischer Leukämie

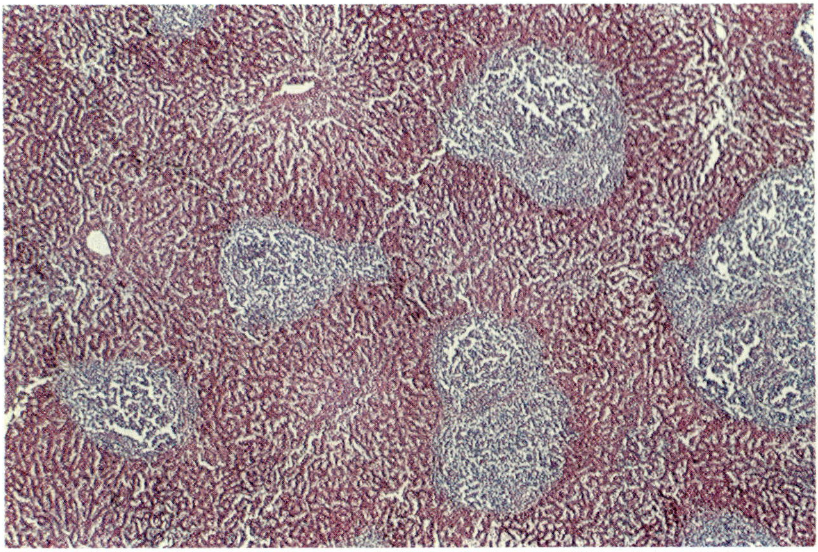

Fbg.HE, Vergr.30×

1. Periportale Felder erweitert und dicht durchsetzt mit Zellen der lymphatischen Reihe
2. Sinusoide nur gering mit unreifen Zellen infiltriert

Leber bei myeloischer Leukämie

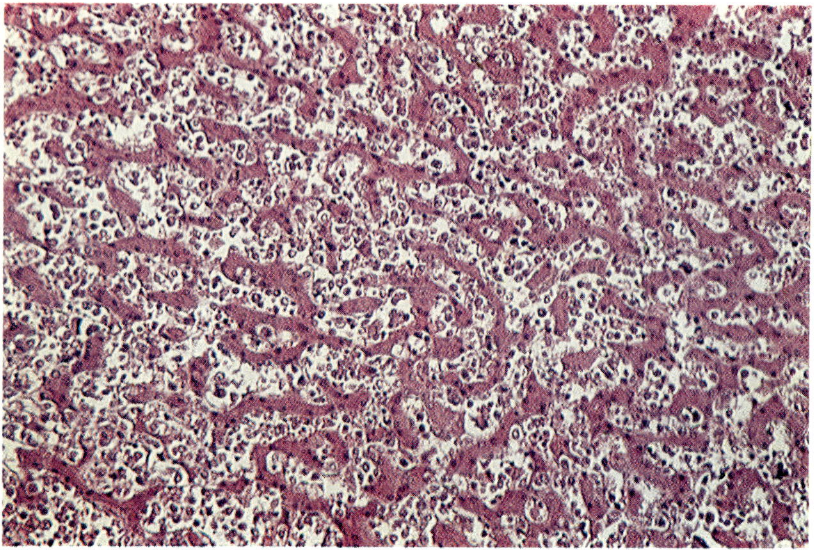

Fbg.HE, Vergr.120×

1. Sinusoide angefüllt mit Erythrozyten und Zellen aller Reifungsstufen der Granulozytopoese
2. Periportale Felder nur gering infiltriert.

Akute Hepatitis (epidemica oder „Serumhepatitis")

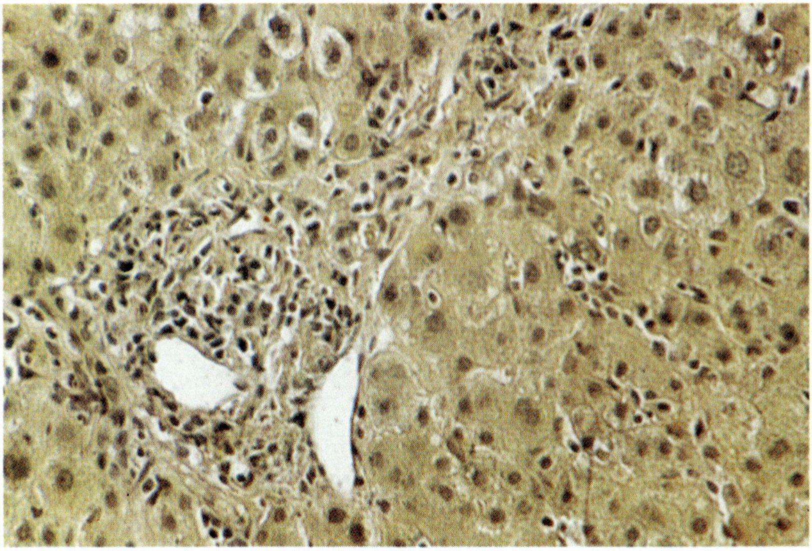

Fbg. HE Vergr. 180 ×

1. Einzelzell- und Gruppenzellnekrosen der Leberepithelien
2. Strangförmige Proliferationen der Sternzellen
3. Breite, zellreiche Periportalfelder mit Zellausläufern
4. Groß- und mehrkernige Leberzellen
5. Bei „cholostatischem Einschlag": Gallezylinder

Chronische aggressive Hepatitis, mäßiger Aktivität

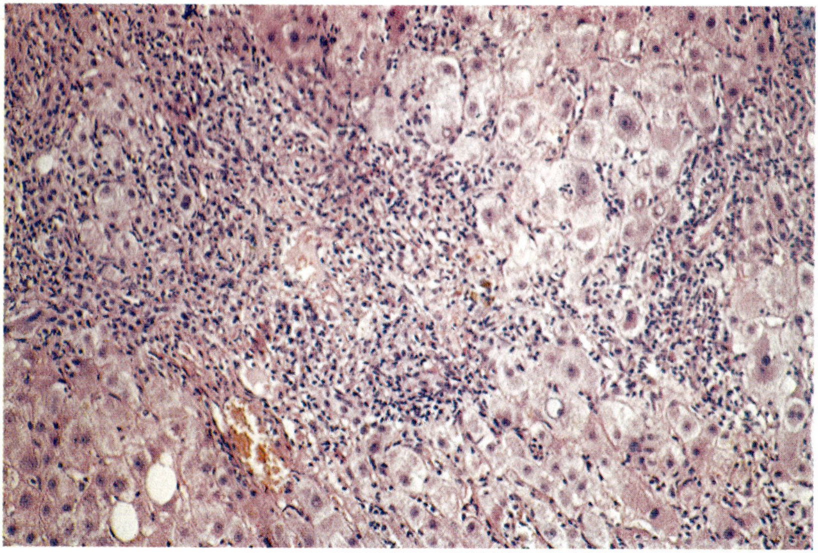

Fbg. v. Gieson, Vergr. 300 ×

1. Herd mit strangförmigen Sternzellproliferationen
2. Verbreiterte zellreiche Periportalfelder, unscharf begrenzt
3. Mottenfraß-Nekrosen (piece-mal Nekrie) der Leberepithelien

Leberzirrhose

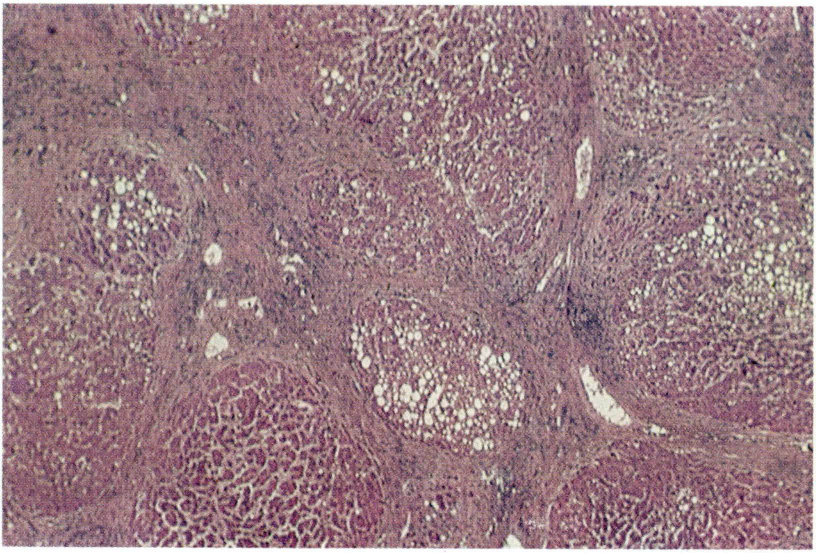

Fbg.HE, Vergr.30×

1. Einzelzellnekrosen
2. Subakute Entzündung: Lymphozyten-, Leukozyten- und Plasmazellinfiltrate in den periportalen Feldern und in den breiten Bindegewebszügen
3. Regeneration:
   a) Pseudolobuli (insulärer Umbau) mit unregelmäßig gelagerten Epithelbalken, umgeben von breiten Bindegewebszügen keine Zentralvene
   b) Gallengangswucherungen sog. Gallengangsprossen

Ist die Entzündung überwunden, spricht man von einer „ausgebrannten Zirrhose"

Biliäre Leberzirrhose

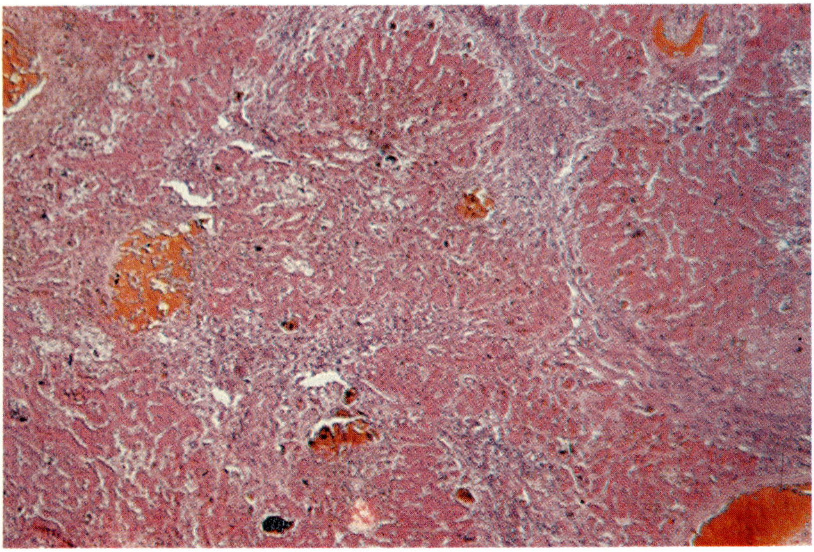

Fbg.HE, Vergr.48×

1. Leberläppchen verkleinert, umgeben von Bindegewebszügen
2. Lymphozytäre Infiltrate und Gallengangswucherungen in den verbreiterten periportalen Feldern
3. Cholostase:
   a) Gallezylinder in den interzellulären Gallekapillaren und in den Gallengängen
   b) Gallepigment im Zytoplasma der Leberzellen

Ursache: Cholostase und Cholangitis (Entzündung der Ductuli biliferi, darum „biliär").

Leber bei Malaria

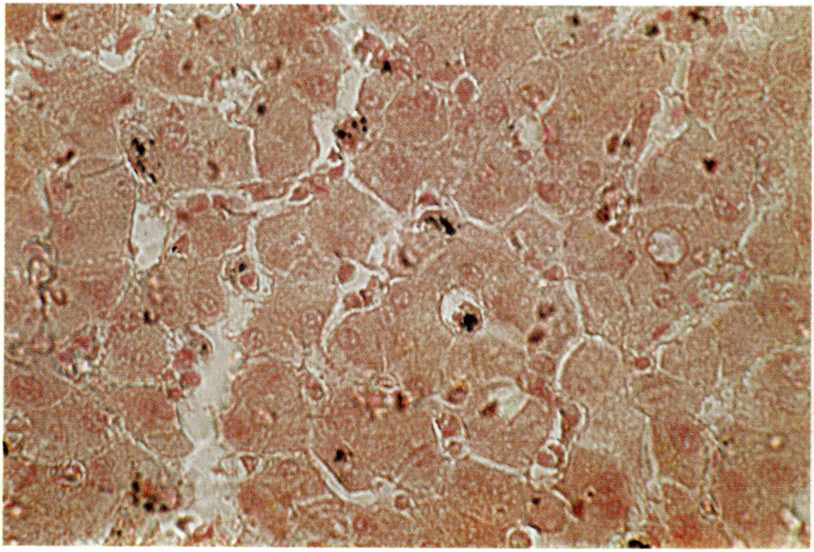

Fbg. Alaun-Karmin, Berliner-Blau, Vergr. 480×

Speicherung des schwarzbraunen Pigmentes (Malariamelanin) in den Kupfferschen Sternzellen (RES)

Typhus der Leber

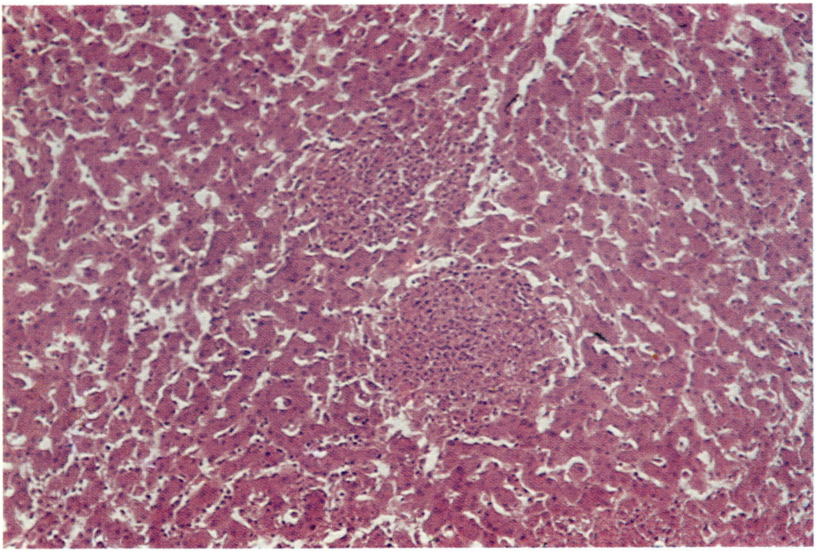

Fbg.HE, Vergr.120×

Typ einer granulomatösen Hepatitis:

1. Herdförmige Wucherung der Kupfferschen Sternzellen
2. Nekrose der Leberzellen an dieser Stelle

Miliare Tuberkel der Leber

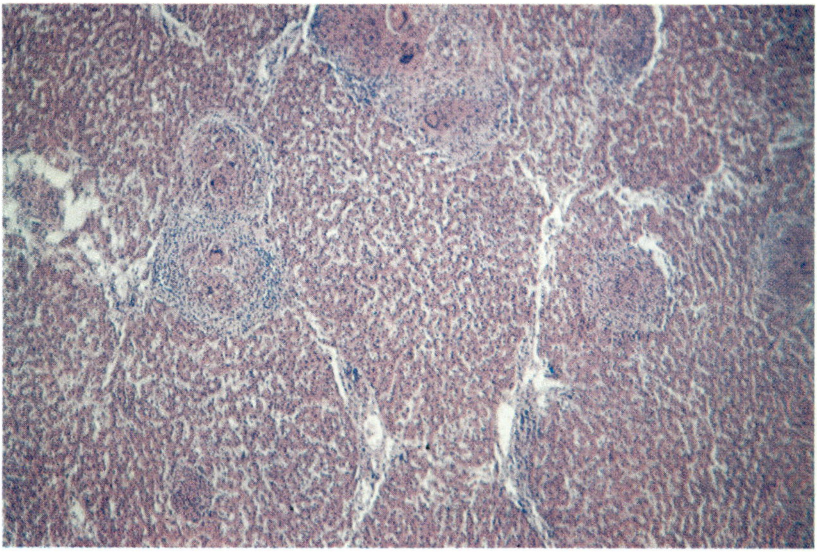

Fbg.HE, Vergr.48×

Ungleichmäßige Lagerung der Tuberkel im regelrechten Lebergewebe

Stauungsmilz

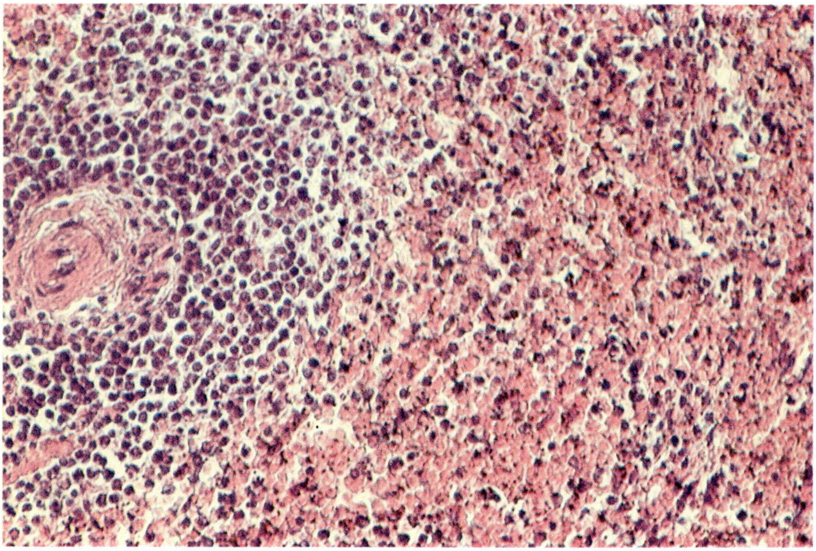

Fbg.HE, Vergr.120×

1. Erweiterung der Sinusoide durch Hyperämie
2. Weiße Pulpa erscheint vermindert (Follikelatrophie)
3. Zwischen den Sinusoiden Kollagenfasern (umgeprägte Retikulumfasern)

Hämosiderose der Milz

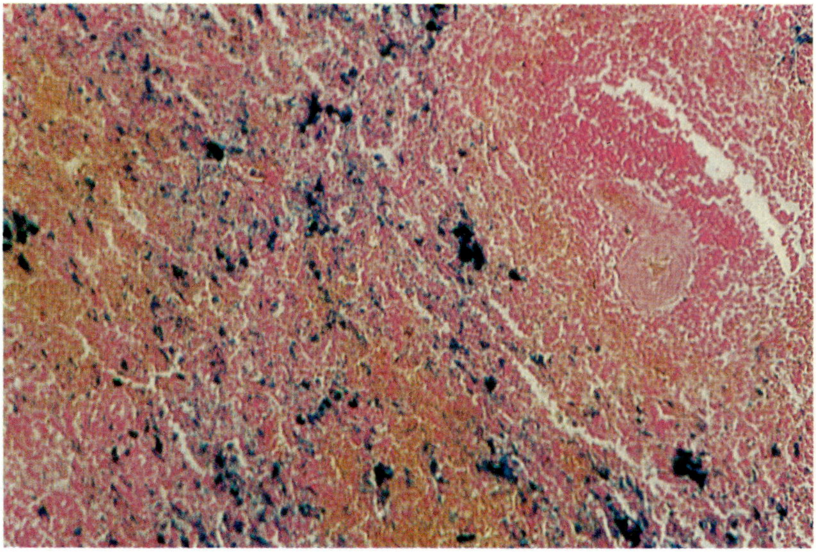

Fbg. Berliner-Blau-Reaktion, Vergr. 120×

1. Hämosiderinspeicherung in den Retikulumzellen der roten Pulpa
2. Follikel frei von Pigment

Milz bei myeloischer Leukämie

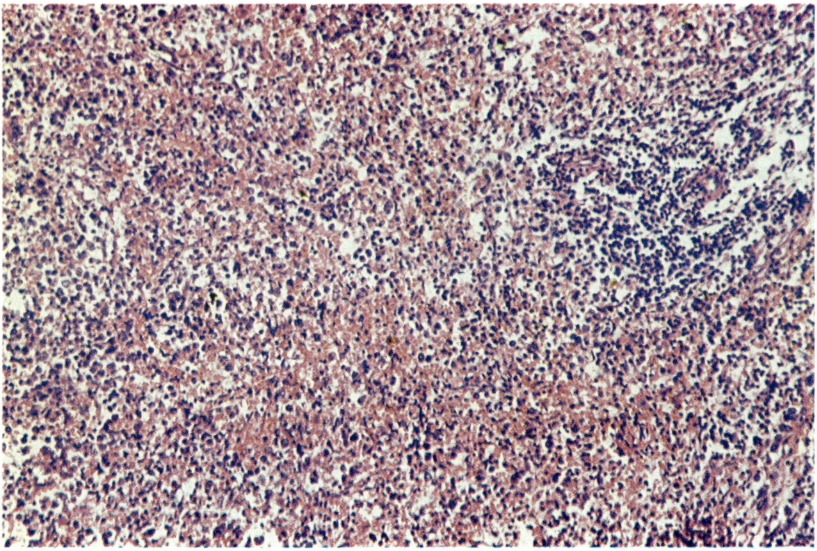

Fbg.HE, Vergr.120×

Sinusoide angefüllt mit Erythrozyten und Zellen aller Reifungsstufen der Granulozytopoese.

Milz bei Malaria

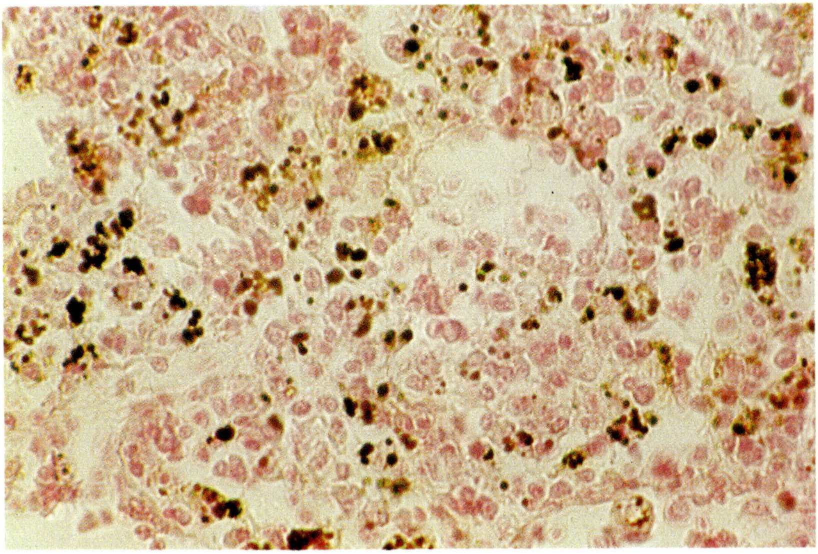

Fbg. Alaun-Karmin Vergr. 480×

1. Speicherung von schwarzbraunem Pigment in den Retikulumzellen und einigen Endothelzellen
2. Follikel sind pigmentfrei

Malariamelanin entsteht durch Erythrozytenzerfall bei Malaria

Miliare Tuberkel der Milz

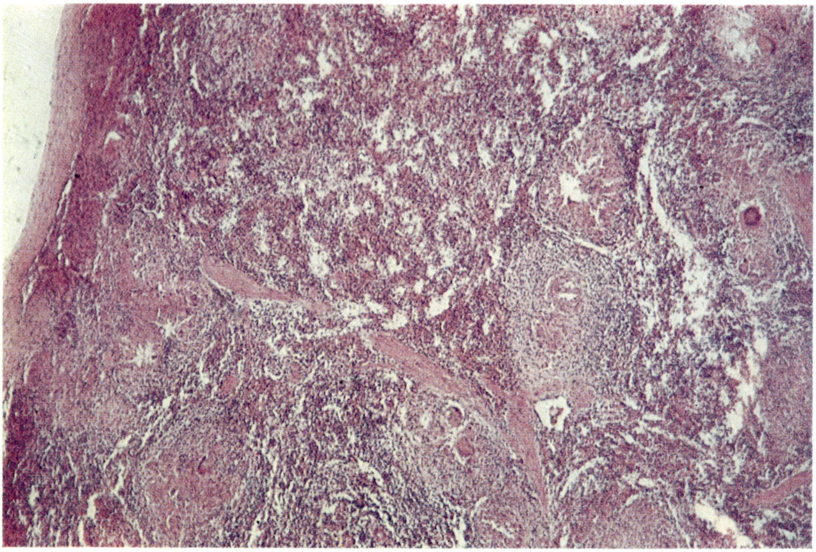

Fbg.HE, Vergr.48×

Unregelmäßige Lagerung der Tuberkel im regelrechten Milzgewebe

Trübe Schwellung der Niere

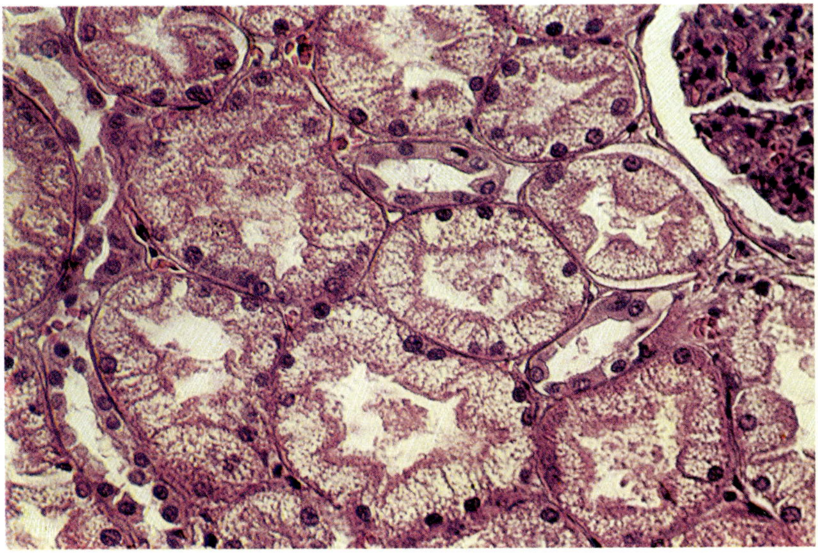

Fbg.HE, Vergr.300×

1. Epithelien der Hauptstücke geschwollen
   a) Protoplasma getrübt, leicht gekörnt
   b) Lumen der Hauptstücke stark eingeengt, ausgefüllt mit Eiweißmassen
2. Glomerula unauffällig

Ursachen der Degeneration:

1. Sauerstoffmangel
2. Störung der Zellfermente (Stoffwechselstörung)
3. Elektrolytverschiebungen
4. Zellmembran verändert

Amyloidnephrose

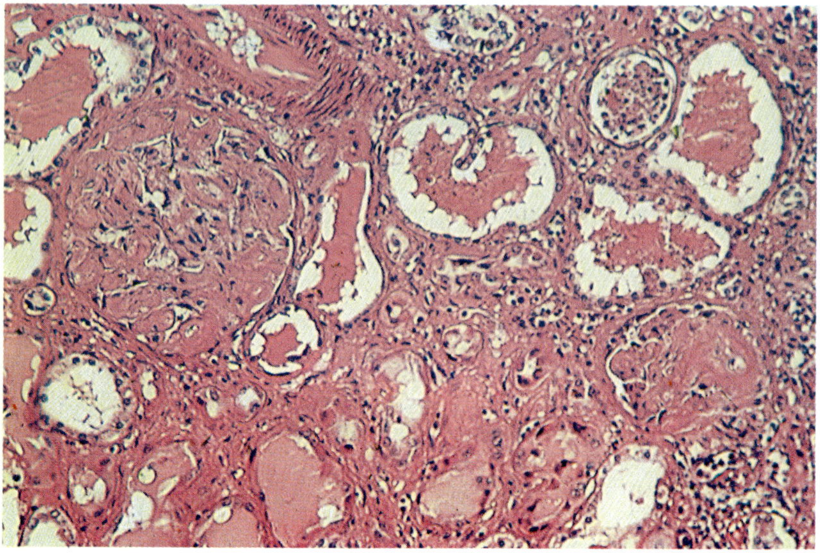

Fbg.HE, Vergr.120×

1. Amyloidablagerung
   a) zwischen den Glomerulumschlingen
   b) in den Wänden der kleinen Arterien und im Interstitium perikapillär
2. Verödung einiger Glomerula zu einem homogenen, kernlosen Bezirk
3. Kanälchen
   a) hyalintropfige Entmischung
   b) Eiweißmassen im Lumen

Amyloid ist ein Antikörperglobulin

Anämischer Niereninfarkt

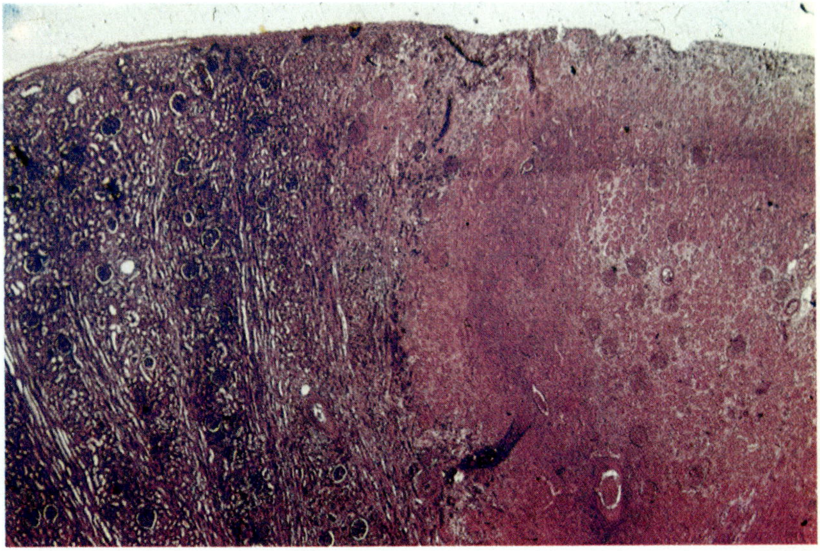

Fbg.HE, Vergr.12×

1. Kernanfärbbarkeit aufgehoben, starke Eosinophilie des Zytoplasmas (Nekrose)
2. Reihenfolge der Zonen:
   a) Infarktgebiet
   b) leukozytäre Randzone
   c) hämorrhagische Randzone
   d) regelrechtes Nierengewebe

Akute diffuse Glomerulonephritis

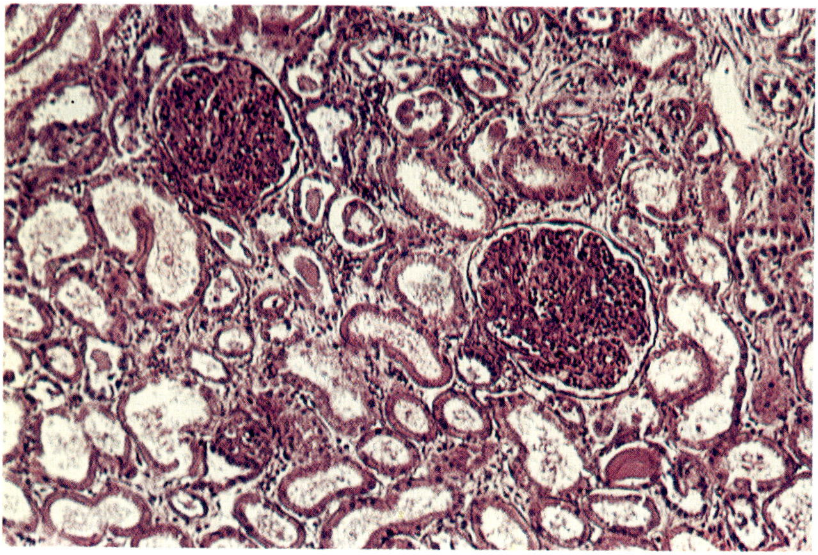

Fbg. HE, Vergr. 120×

1. Kernvermehrung (Leukozyten) im Glomerulum
2. Im Kapselraum Erythrozyten und Eiweiß, in den Kanälchen nur Eiweiß
3. Trübe Schwellung des Epithels der Hauptstücke

Chronische Glomerulonephritis

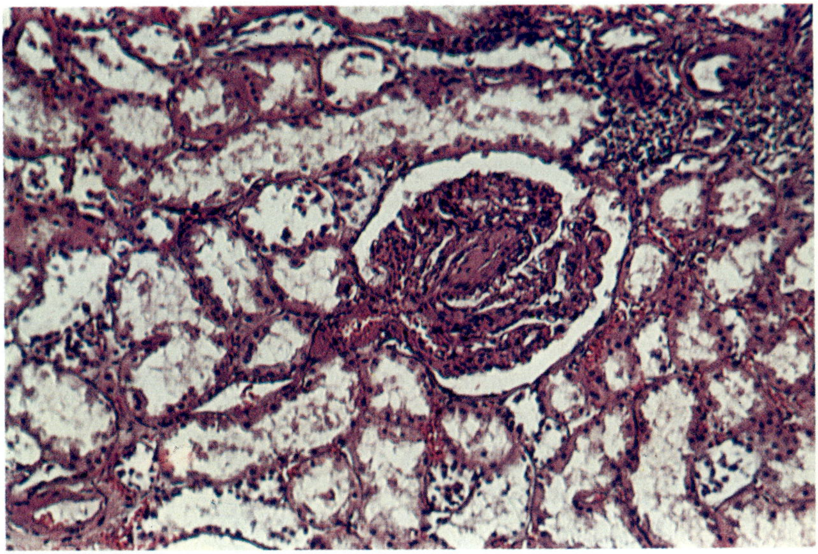

Fbg.HE, Vergr.120×

1. Veränderung der Glomerula:
   a) einige hyalin verödet, bei anderen hyalin verdickte Glomerulumschlingen zu sehen
   b) Basalmembran verdickt, Schlingenlumen stark eingeengt
   c) Endothelzellen vermehrt und vergrößert
   d) Lagerung in einem vermehrt fibrösem Interstitium mit Lymphozyteninfiltraten
2. Veränderung der Kanälchen:
   a) dazugehörige sind atrophiert, Lumen mit Eiweißmassen ausgefüllt
   b) andere kompensatorisch erweitert
3. Veränderung der arteriellen Gefäße:
   Wandverdickung (sekundäre Arterio - und Arteriolosklerose)

Glomerulonephritische (sekundäre) Schrumpfniere.

Arteriolosklerotische Schrumpfniere (Nephrosklerose)

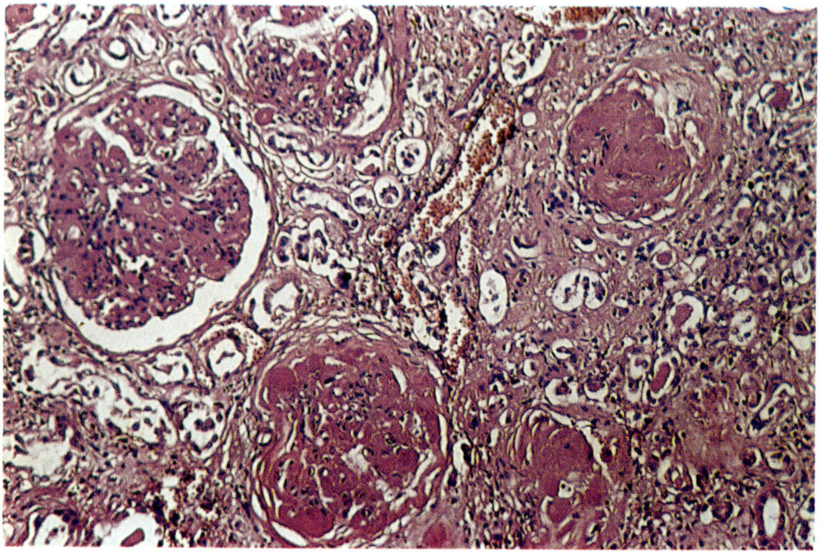

Fbg.HE, Vergr.120×

1. Veränderung der Arterien:
   a) bindegewebige Verdickung der Intima (konzentrische Sklerose der Arterien)
   b) Wandhyalinose der Arteriolen
2. Bei starker Einengung des Lumen:
   a) Verödung der Glomerula in eine hyaline Kugel mit wenigen Kernen
   b) Atrophie des dazugehörigen Kanälchensystems
3. Vermehrtes Interstitium, lymphozytär infiltriert

Die Glomerula sind sekundär betroffen (im Gegensatz zur chronischen Glomerulonephritis)

Maligne Nephrosklerose

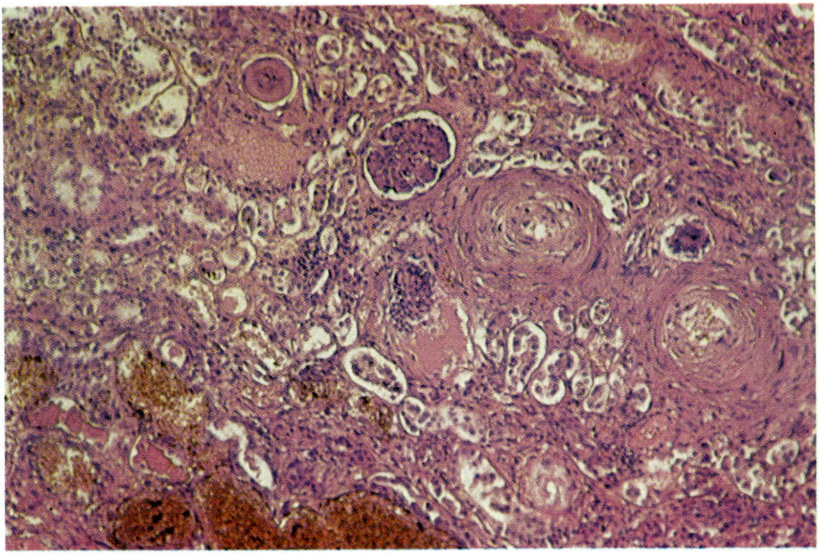

Fbg.HE, Vergr.120×

Fibrinoide Nekrose:

1. der Glomerulumschlingen:
   Erythrozyten im Kapselraum
2. der Vasa afferentia:
   a) plasmatische Durchtränkung der Gefäßwand
      (lamellöses Bild)
   b) interstitielle Blutungen

Abszendierende Entzündung der Niere

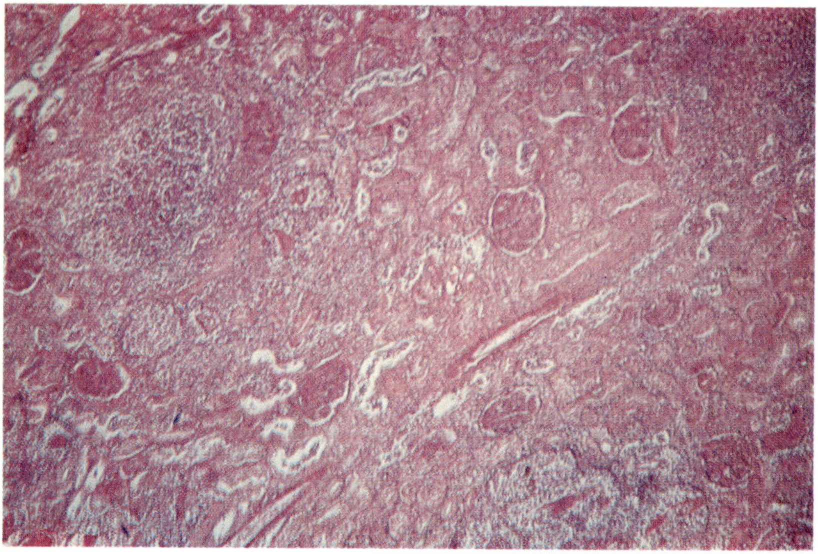

Fbg.HE, Vergr.48×

1. Ansammlung von polymorphkernigen Leukozyten
   a) in den Harnkanälchen
   b) im Interstitium
2. Abszeßherde
3. Glomerula können entzündlich verändert sein

Entstehung der Entzündung:
1. hämatogen: Nephropyelitis
2. aszendierend (kanalikulär oder lymphogen): Pyelonephritis.

Mastopathia cystica fibrosa

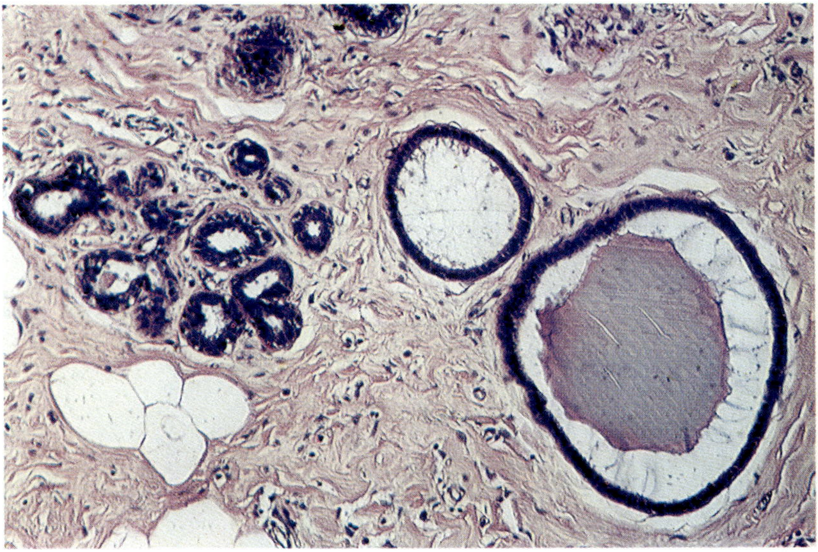

Fbg.HE, Vergr.120×

1. Wucherung des Bindegewebes (Fibrosis)
2. Wucherung des Drüsenepithels (sklerosierende Adenosis) und Bildung von Zysten,[teilweise mit intrakanalikulären Papillomen]

Adenomyomatöse Prostatahyperplasie

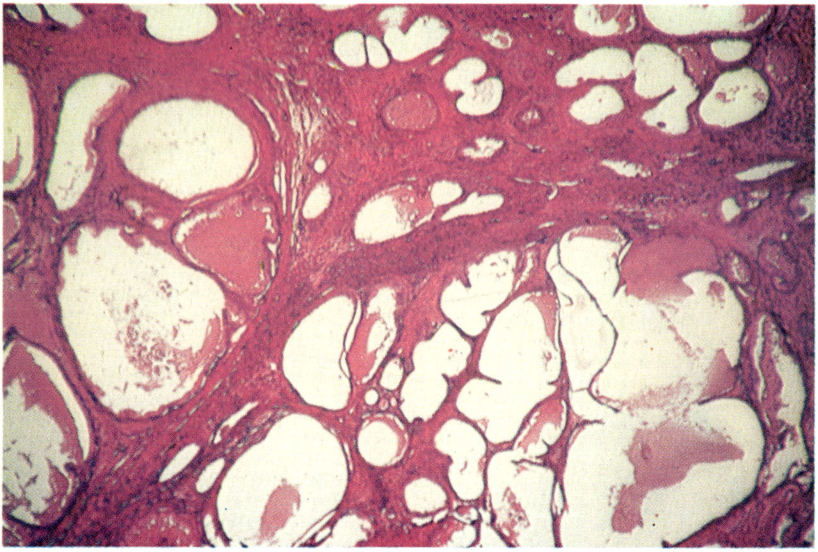

Fbg.HE, Vergr.30×

1. Drüsenwucherung, einige Drüsen zystisch erweitert, mit pseudopapillären Wucherungen
2. Im Drüsenlumen Eiweiß, selten Konkremente (sog. Prostatasteine)
3. Muskelfasern im Stroma

Wucherung der paraurethralen Drüsen mit Verdrängung der Hauptmasse des übrigen Prostataparenchyms.

Struma colloides nodosa macrofollicularis

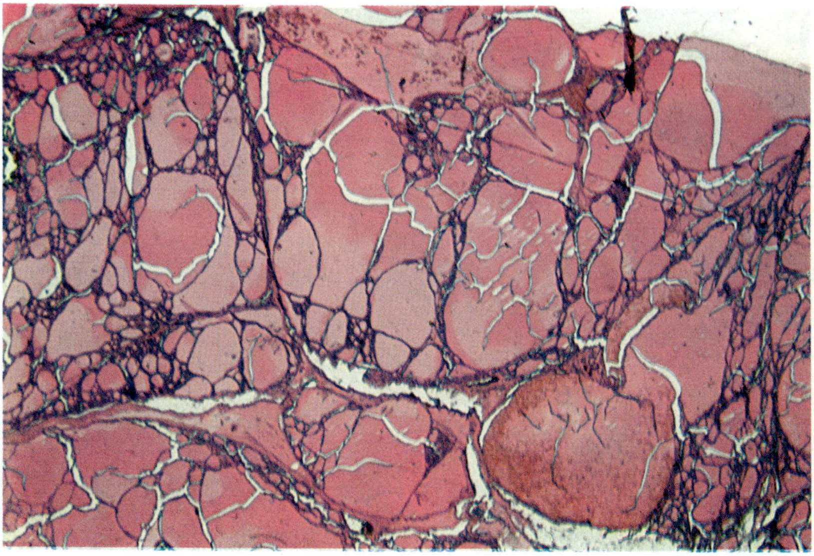

Fbg.HE, Vergr.12×

1. Follikel mit Kolloid gefüllt
   (völlige Ausfüllung und gleichmäßige Anfärbung)
2. Flach kubisches Follikelepithel
[3. Regressive Veränderungen im Stroma]

Häufigste Kropfform

Basedowstruma

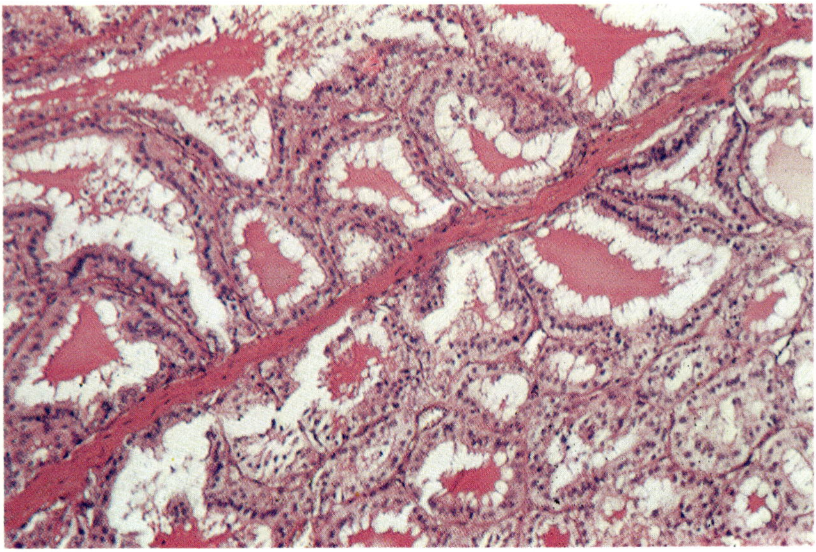

Fbg.HE, Vergr.120×

1. Polymorphe, verzweigte Follikel mit:
   a) hochzylindrischen Epithelzellen
   b) pseudopapillären Wucherungen
   c) ungleichmäßiger Kolloidausfüllung und Vakuolenbildung an der Epitheloberfläche
2. Lymphfollikel im Stroma

Basedowstruma: Parenchymproliferation bei Überfunktion

Pankreatitis chronica fibrosa

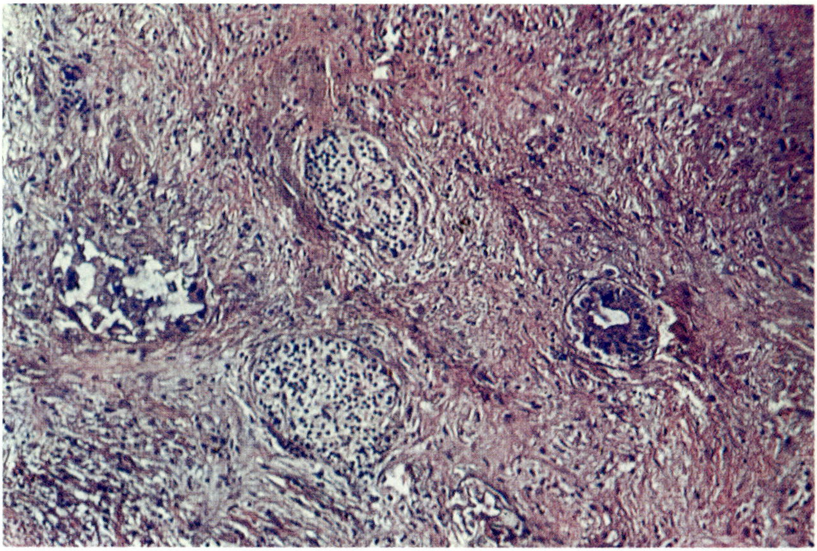

Fbg.HE, Vergr.120×

1. Drüsenläppchen umgeben von breiten Bindegewebsstraßen (Pankreaszirrhose)
2. Leukozyten- und Plasmazelleninfiltrate im Bindegewebe
3. Drüsenschläuche erweitert

Lymphknoten bei Lymphadenose

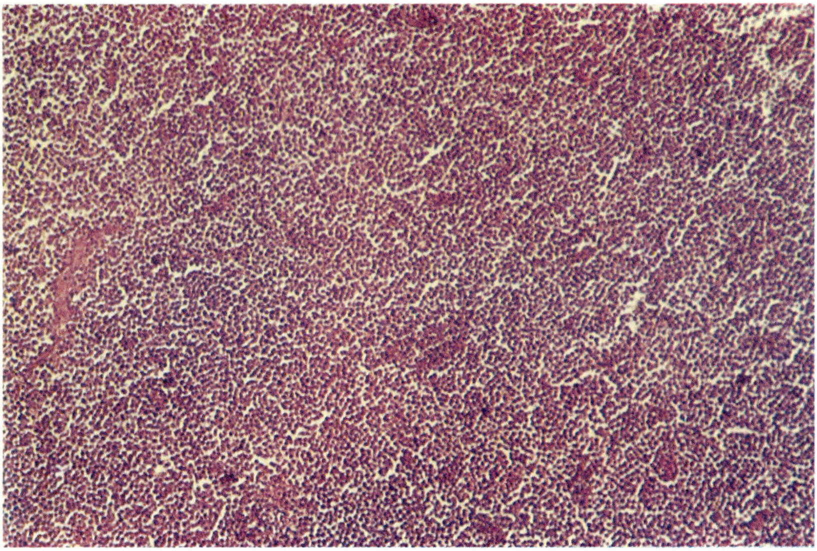

Fbg.HE, Vergr.120×

Diffuse Wucherung lymphoider Zellelemente (Lymphozyten bei der reifen Form der Lymphadenose, Lymphoblasten bei der unreifen Form)

Lymphogranulomatose

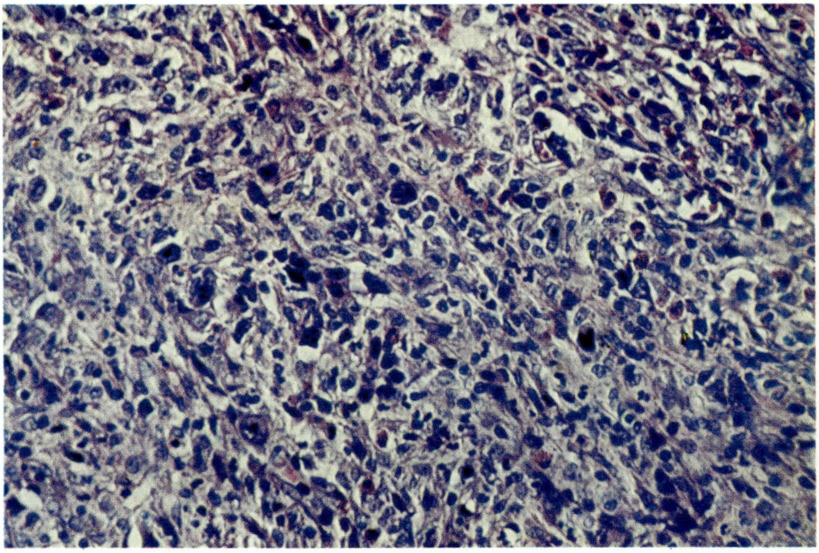

Fbg.Giemsa, Vergr.300×

1. Nekrosen
2. Reaktiver Umbau: Entstehung eines spezifischen destruierenden Granulationsgewebes
   a) Hodgkinzelle (atypische Retikulumzelle)
   b) Sternbergsche Riesenzelle (mehrkernig, leitet sich von der Hodgkinzelle ab)
   c) eosinophile Granulozyten, Lymphozyten, Plasmazellen und Fibroblasten

[3. kollagene Fasern (Narbe)]

Epitheloidzellige Lymphknotentuberkulose

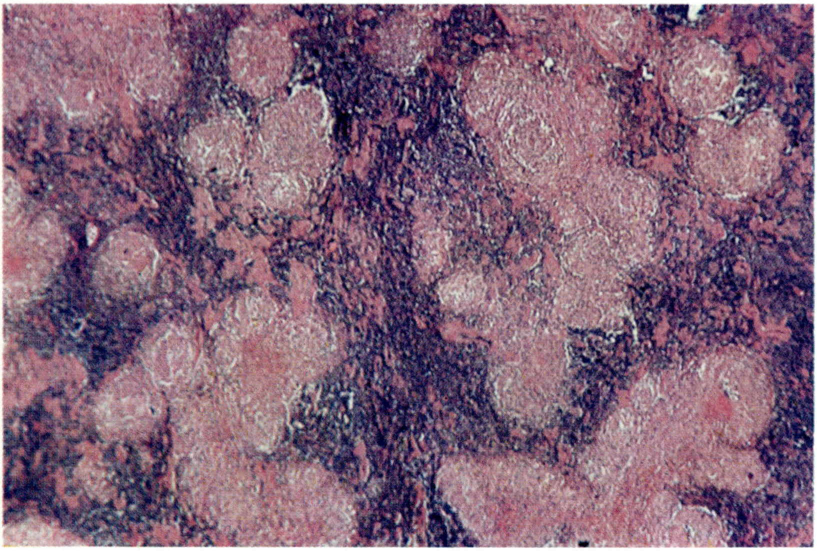

Fbg.HE, Vergr.30×

1. zahlreiche Epitheloidzelltuberkel, landkartenartig angeordnet, können sekundär verkäsen
2. vereinzelt Langhanssche Riesenzellen
3. Reste lymphatischen Gewebes

Beim Morbus Boeck fehlt die Verkäsung der Tuberkel!

Leptomeningitis

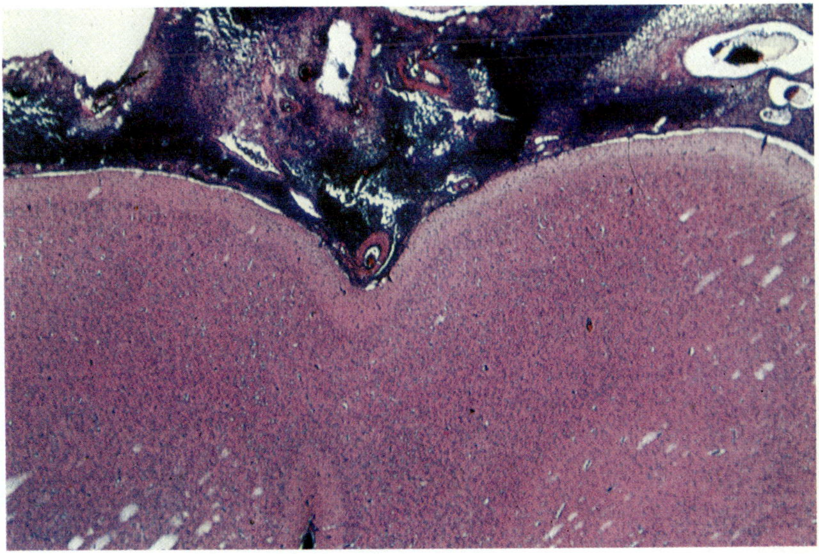

Fbg.HE, Vergr.12×

1. Dichter Leukozytensaum, an die Hirnrinde angrenzend
2. Perivaskuläre Infiltrate in der Hirnrinde (Meningoenzephalitis)

Reihenfolge der Schichten zwischen Knochen und Hirnrinde:

1. Knochen
2. Epiduralraum
3. Dura mater (Pachymeninx)
4. Subduralraum
5. Arachnoidea (Leptomeninx)
6. Subarachnoidalraum (enthält den Liquor)
7. Pia mater (Leptomeninx)
8. Hirnrinde

Poliomyelitis anterior

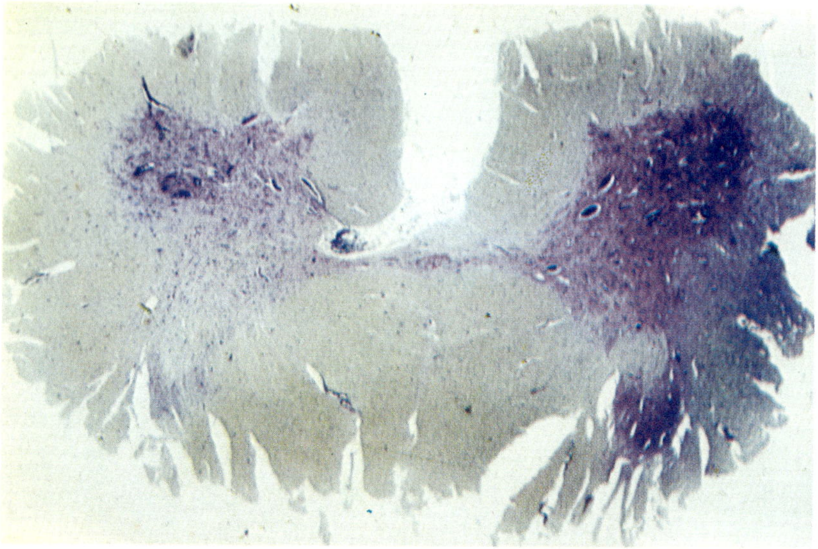

Fbg.Kresylviolett, Vergr.12×

1. Dichte zellige Infiltration der Vorderhörner
2. Neuronophagie (Phagozyten bauen die nekrotischen Ganglienzellen ab)
3. Perivaskuläre Infiltrate

Glanduläre Erosion der Portio

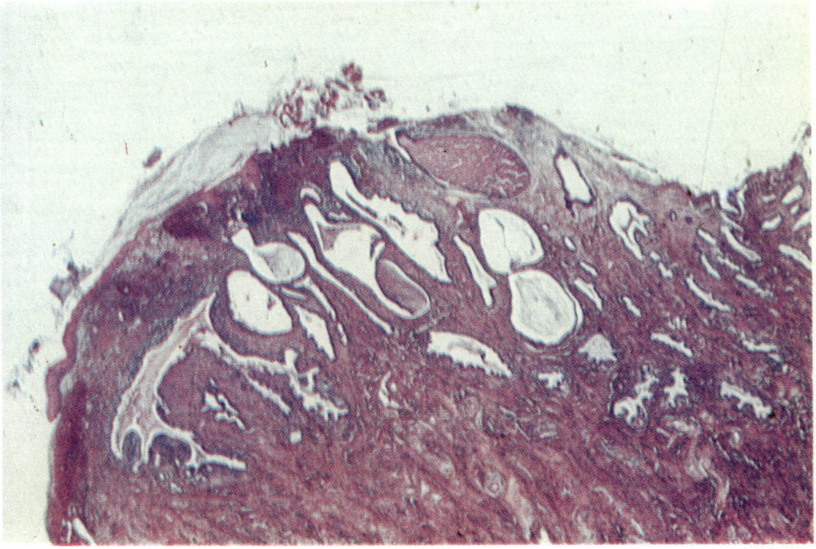

Fbg.HE, Vergr.12×

1. Ersatz von Portioepithel (mehrschichtiges Plattenepithel) durch Cervixepithel (einschichtiges zylindrisches Epithel)
2. Lymphozytäre und plasmazelluläre Infiltrate zwischen den Cervixdrüsen

Cervixpolyp

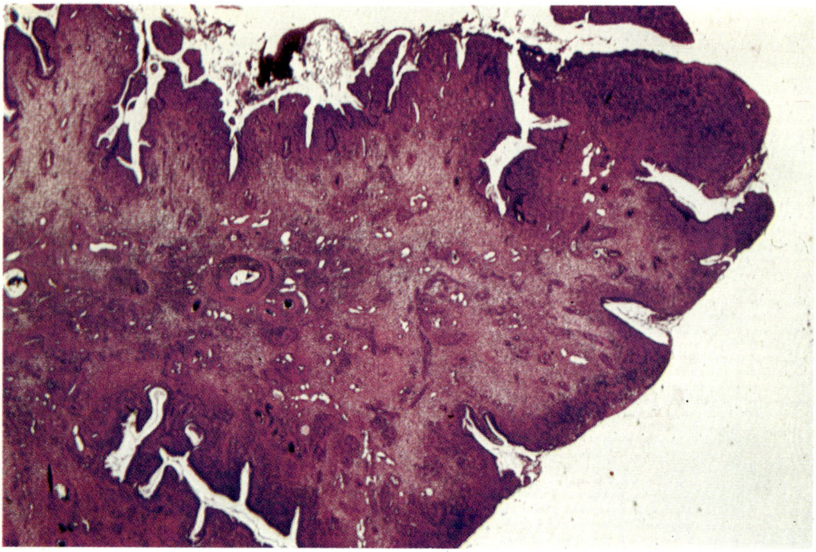

Fbg.HE, Vergr.12×

1. Einschichtiges, zylindrisches Cervixepithel an der Oberfläche
2. Zystische Drüsen im fibromuskulären Stroma

Endometrium der Sekretionsphase (Abrasionsmaterial)

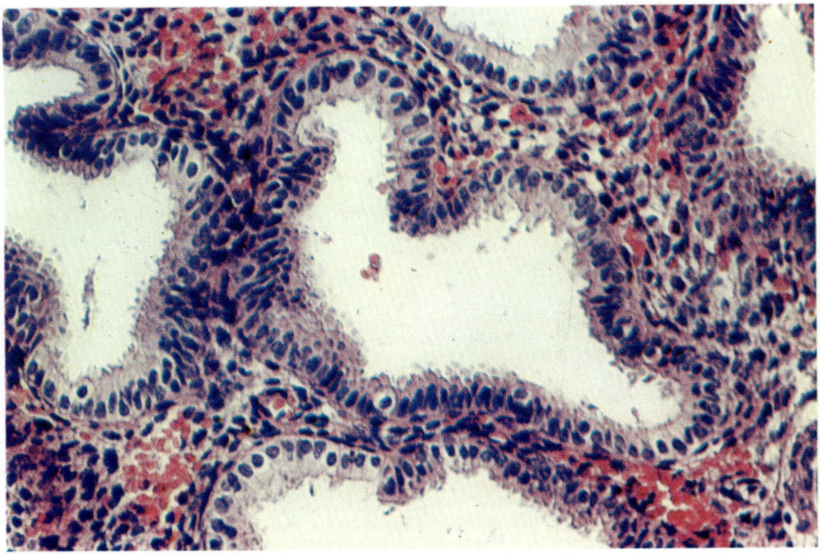

Fbg.HE, Vergr.300×

1. Drüsenschläuche geschlängelt
2. Veränderungen an den Drüsenepithelien:
   a) Zellkerne an der Basis
   b) helles Zytoplasma
   c) unscharfe Abgrenzung zum Lumen
3. Sekret im Drüsenlumen
4. Stroma ödematös und aufgelockert

Glandulär - zystische Schleimhauthyperplasie

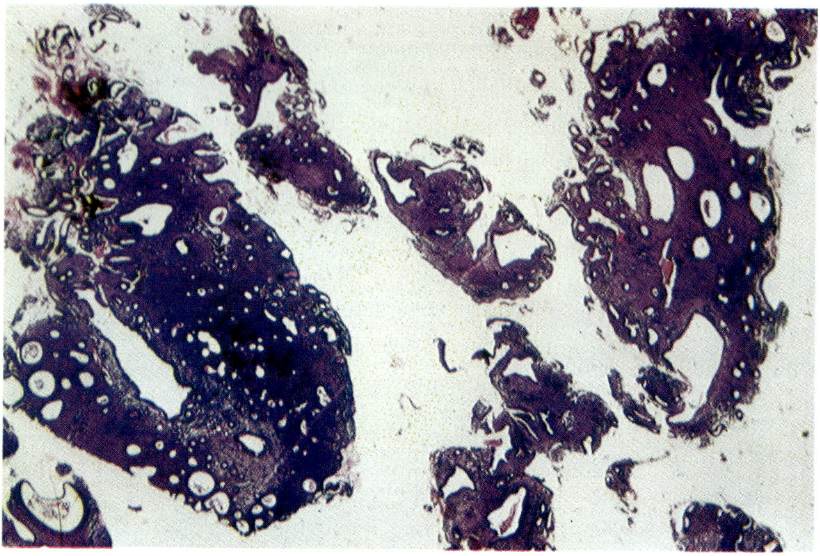

Fbg.HE, Vergr.12×

1. Unregelmäßige Lage der Drüsen
2. Wechselnd große Drüsenlumina
3. Keine Sekretionszeichen
4. Herdförmige Lymphozytenansammlungen

Adenomyosis uteri interna

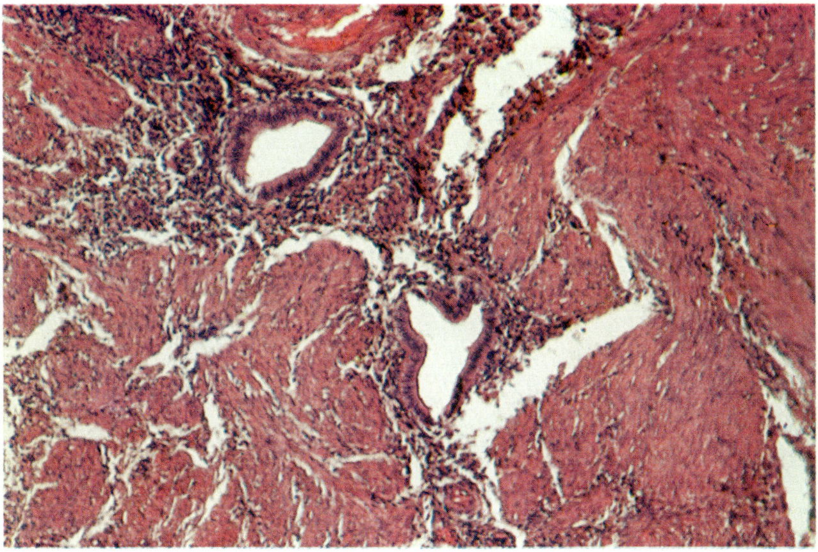

Fbg.HE, Vergr.120×

Innerhalb des Myometriums gelegene Schleimhautinseln (Drüsen und kleinzelliges Stroma)

1. Endometriosis interna: siehe oben
2. Endometriosis externa:
   außerhalb des Uterus gelegene Endometrioseherde

Endometritis

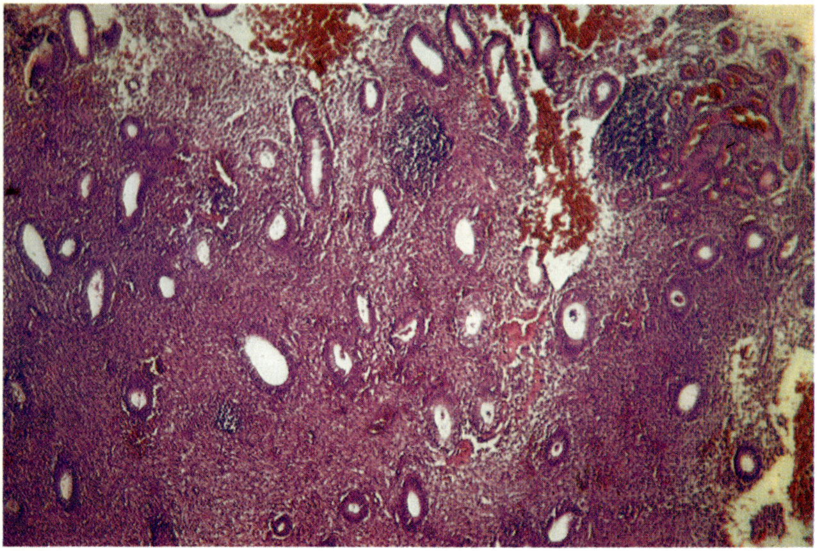

Fbg.HE, Vergr.48×

1. Herdförmige Leukozyten- und Lymphozyteninfiltrate
2. Leukozyten im Drüsenlumen (Leukopedese)
3. Dichtes Stroma

Abortreste

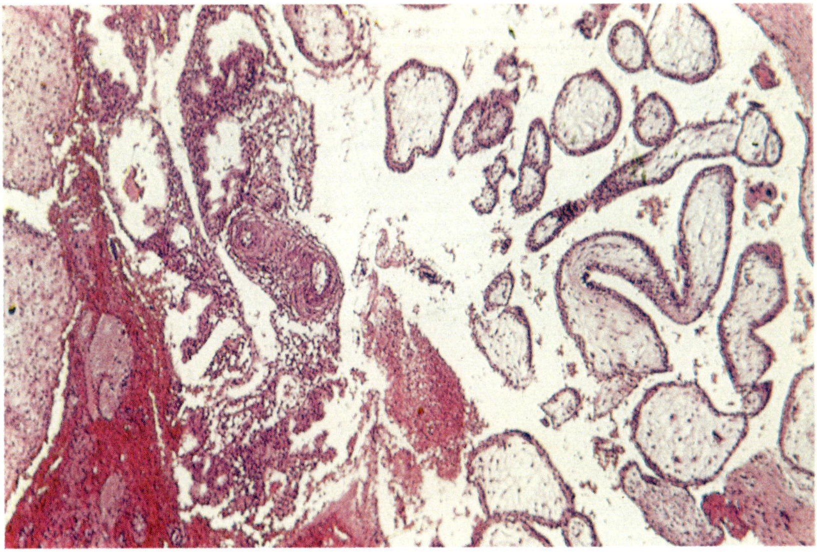

Fbg.HE, Vergr.48 ×

A. Dezidua
   1. Starke Schlängelung der Drüsenschläuche
   2. Hohes Drüsenepithel mit hellem Zytoplasma
   3. Wände der Gefäße hyalinisiert
   4. Deziduazellen
B. Trophoblast (fetaler Anteil)
   1. Chorionzotten
      a) mesenchymales Stroma (Gallertgewebe) mit Kapillaren und kernhaltigen Erythrozyten
      b) Langhanssche Zellschicht (kubisches Epithel bis zum 3.—4. Embryonalmonat
      c) synzytiale Zellschicht außen
   2. Foetale Riesenzellen (abgeschnürte Zellen aus der synzytialen Zellschicht, sog. Synzytialknospe)

Dezidua

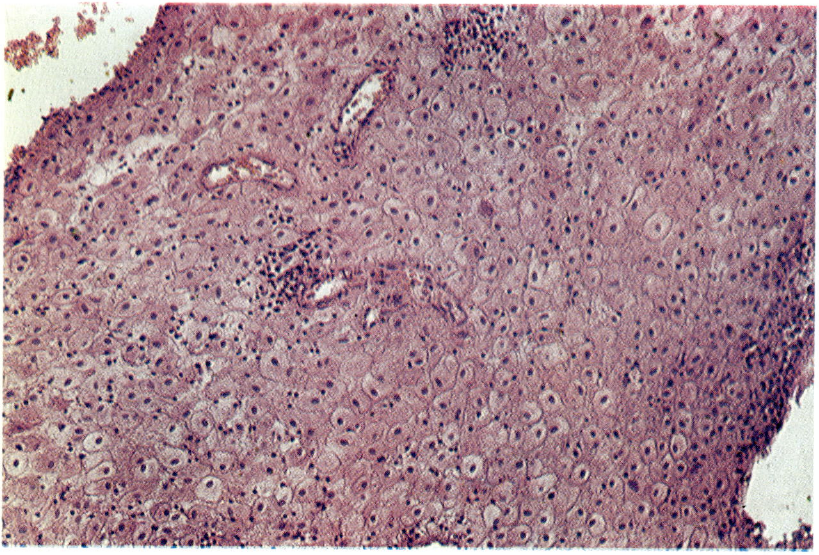

Fbg.HE, Vergr.120×

1. Geschwollene Stromazellen mit großem Zytoplasmaleib
2. Interzelluläres Ödem

Blasenmole

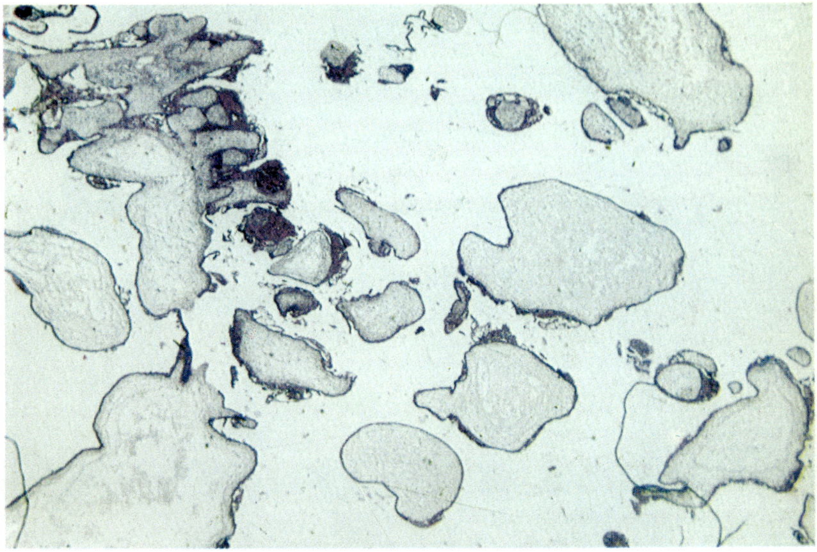

Fbg.HE, Vergr.12×

1. Große, zum Teil zystische Chorionzotten
2. Hydropische Schwellung des Stromas
3. Keine fetalen Gefäße
4. Trophoblastwucherung (Wucherung der Langhansschen- und synzytialen Zellschicht)

Tubargravidität

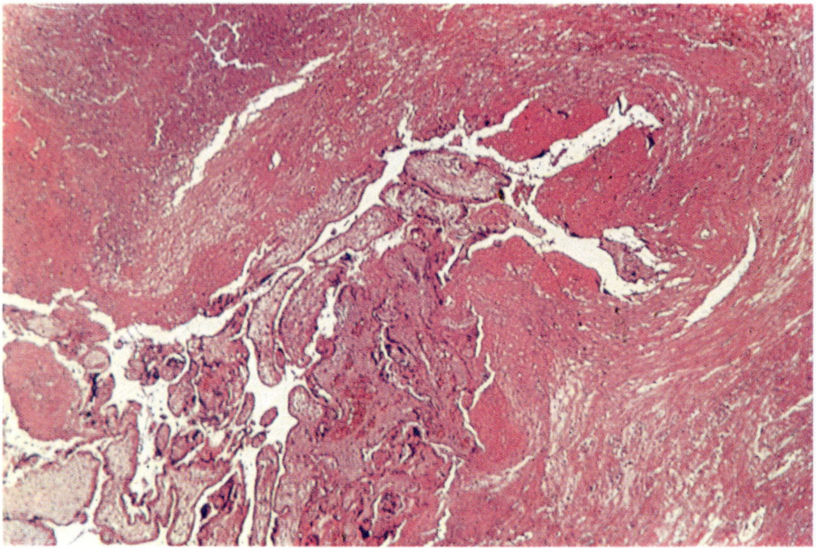

Fbg.HE, Vergr.48×

1. Chorionzotten und Blut in der Tubenlichtung
2. Ödematöse Tubenmuskulatur mit herdförmigen Blutungen

Trichinose der Skelettmuskulatur

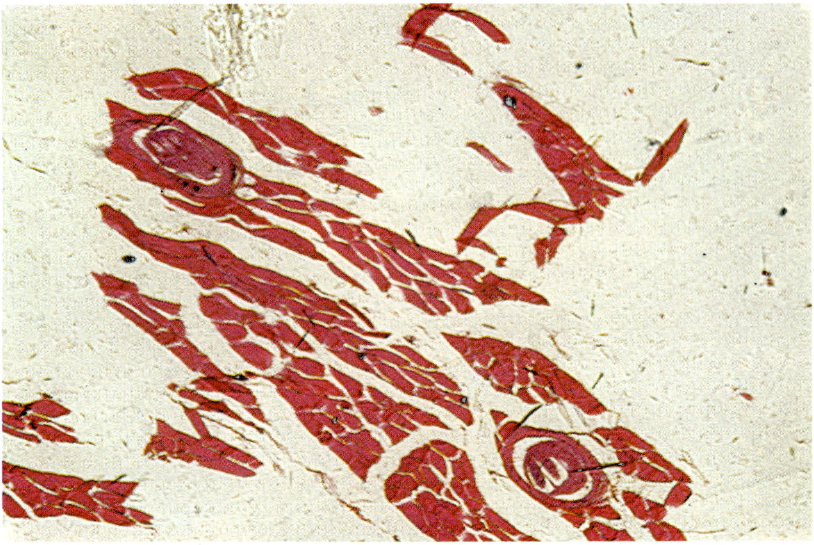

Fbg.HE, Vergr.48×

1. Angeschnittene Larven von Trichinella spiralis in einer hyalinen Kapsel
2. Chronisch entzündliche, zellige Infiltrate in den Interstitien

Aktinomykose

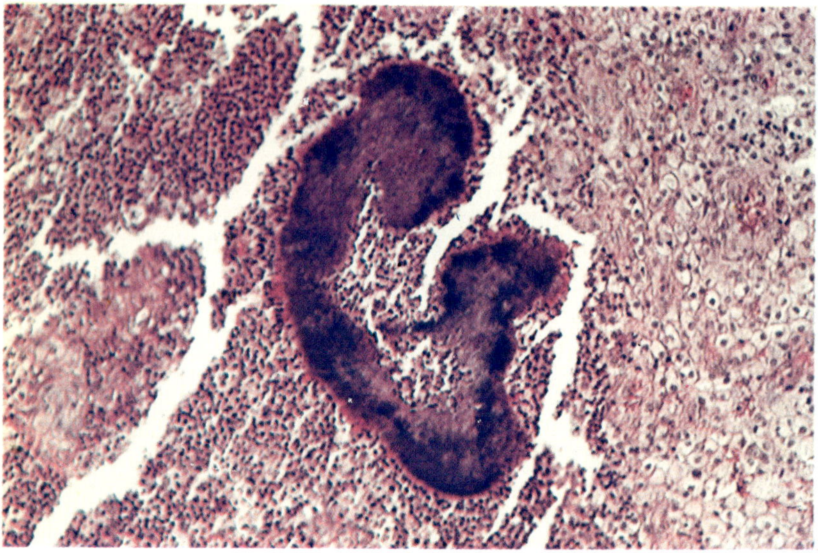

Fbg.HE, Vergr.120×

1.Drusen, umgeben von Leukozyten, im Zentrum eines Abszesses
2. Granulationsgewebe mit Schaumzellen („spezifische Entzündung")

Drusen stellen eine Zusammenballung von Pilzfäden (Actinomyces israeli) dar. Corona radiata = eosinroter Rand der Druse.

Bindegewebe *Einteilung nach von Albertini*

Normalgewebe	Gutartige Geschwülste	Maligne Geschwülste
1. Embryonales Bindegewebe a) Mesenchym b) Gallertiges Bindegewebe	Myxoma, Myxofibroma	undifferenziertes Retikulosarkom Myxosarkom
2. Retikuläres Bindegewebe	Retikuloma: lymphoplasticum, Lymphoblastoma [makrofolliculare, plasmacellulare, eosinophilicum; simplex; myeloplasticum; angioplasticum	Reticulosarcoma: lymphoplasticum = Lymphosarkom; simplex (Retothelsarkom); myeloplasticum = Myelosarkom; angioplasticum sog. Angioendotheliom, Angiosarkom, Sarcoma angioplasticum
3. Lockeres interstitielles Bindegewebe	Fibroma molle	verschiedene Sarkomtypen: spindelzellige, rundzellige, polymorphzellige
4. Fibrilläres Bindegewebe	Fibroma simplex: zellreiches Fibrom, faserreiches Fibrom (hartes Fibrom)	Spindelzellensarkom sog. Fibrosarkom (semimaligne)
5. Fettgewebe	Lipoma	Liposarkom
6. Pigmentgewebe	Naevus bleu	gewisse Melanome (eigentliche Melanosarkome)
Knorpelgewebe Glatte Muskulatur Quergestreifte Muskulatur	Chondrom Leiomyom Rhabdomyom	Chondrosarkom Leiomyosarkom Rhabdomyosarkom

Epithelgewebe *Einteilung nach von Albertini*

Normales Gewebe	Gutartige Geschwülste	Semimaligne Geschwülste	Maligne Geschwülste
1. Oberflächenepithel (inklusiv Lymphoepithel)	Papillome gutartige Epitheliome	wuchernde (proliferative) Papillome	Karzinome: undifferenzierte; differenzierte
2. Drüsenepithel a) exokrin	Adenome alveoläre, tubuläre, trabekuläre	metastasierende Adenome	Karzinome: undifferenziert-solide; adenomatöse alveolär, tubulär; zellulär differenziert = Zylinderzellkarzinome
b) endokrin	Papillome solide Adenome	wuchernde Adenome	Karzinome: undifferenziert-solide; mit endokrinem Bau
3. Keimepithel	Adenome (spez. Formen)		Karzinome (spez. Formen, z. B. Seminome)
4. Desmales Epithel (Mesothel)	?		Mesotheliome (Synoviom und Karzinome der seriösen Höhlen)

Kriterien der bösartigen Tumoren

A. Sichere Zeichen:
   1. Polymorphie der Zellkerne
   2. Vergrößerung des Nukleolus
   3. Hyperchromasie der Zellkerne
   4. Kern-Plasma-Relation verschoben
   5. Basophilie des Zytoplasmas
   6. Destruierendes Wachstum

B. Unsichere Zeichen:
   7. Bilden von Metastasen
      (z. B. das benigne Schilddrüsenadenom)
   8. Mitosenreichtum

Fibrom

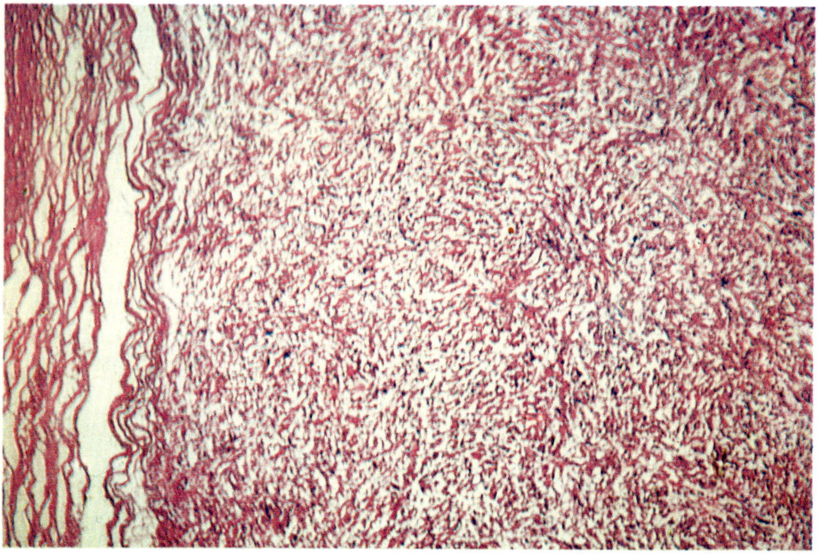

Fbg.HE, Vergr.48×

1. Durchflochtene Züge kollagener Fasern
2. Spindelige Fibroblastenkerne

Fibromarten:

a) Weiches Fibrom (Nasenschleimhaut)
b) Hartes Fibrom (Haut)
c) Keloid (Narbe)

Fibromyom des Uterus (Leiomyom)

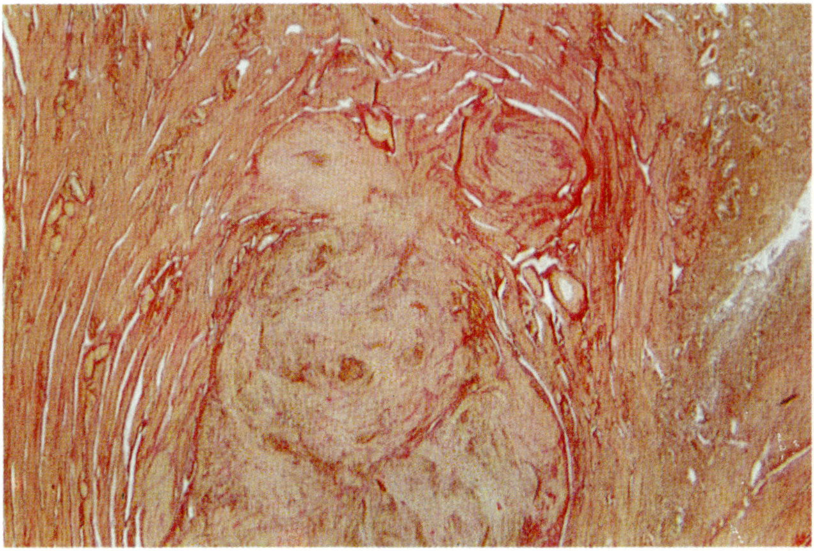

Fbg.v.Gieson, Vergr.12×

1. Bündel glatter Muskelfasern mit relativ wenigen dazwischen liegenden Bindegewebefasern
2. Stäbchenförmige Muskelzellkerne

Haemangioma simplex capillare

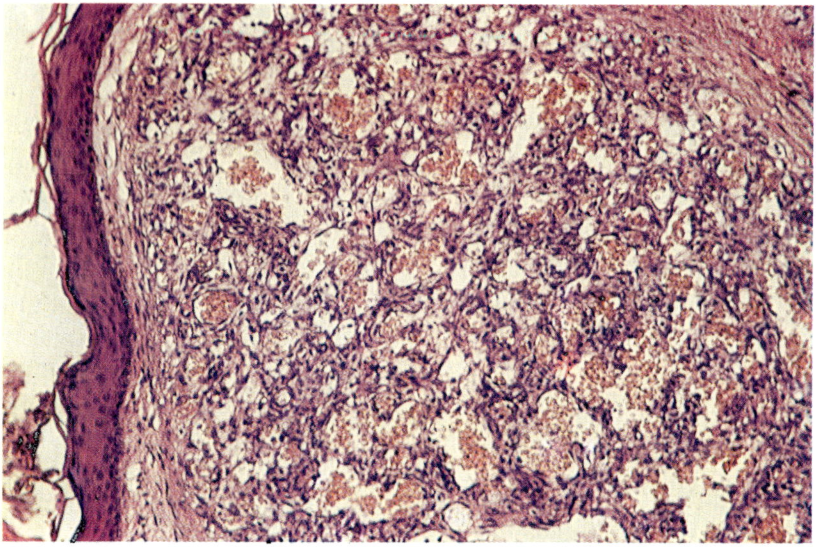

Fbg.HE, Vergr.120×

1. Kapilläre Wucherungen
2. Solide Endothelsprossen
3. Unscharfe Begrenzung zum regelrechten Gewebe

Hämangiomarten:

a) Kapilläres Hämangiom
b) Kavernöses Hämangiom
c) Arterielles Hämangiom (selten)
d) Glomustumor (neuromyoarterieller Tumor)

Haemangioma cavernosum der Leber

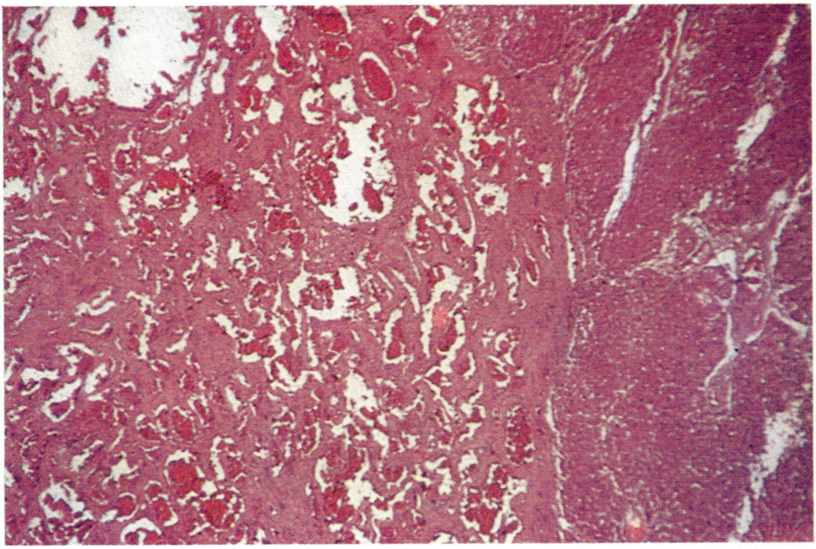

Fbg.HE, Vergr.30×

1. Begrenztes Angiom
2. Blutgefüllte Hohlräume mit endothelialer Auskleidung und bindegewebiger Wand
3. Athrophische Leberzellen am Angiomrande

Ausgangspunkt: Periportales Feld

Meningeom

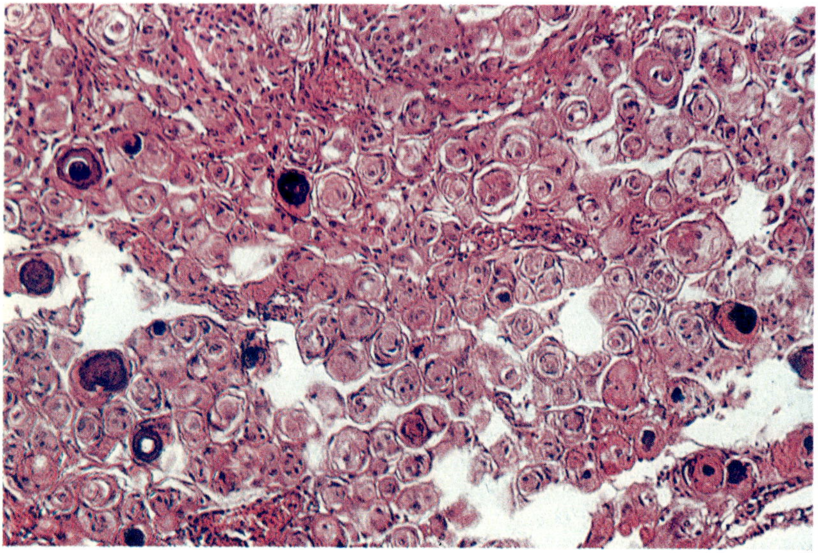

Fbg.HE, Vergr.120×

1. Solide Stränge spindeliger Zellen, umgeben von Bindegewebe
2. Zwiebelschalenartige Anordnungen spindeliger Zellen mit verkalktem Zentrum (sog. Psammomkörperchen)

Meningeomarten:

a) Meningeoma fibromatosum
b) Meningeoma endotheliosum
c) Meningeoma angiomatosum

Epulis

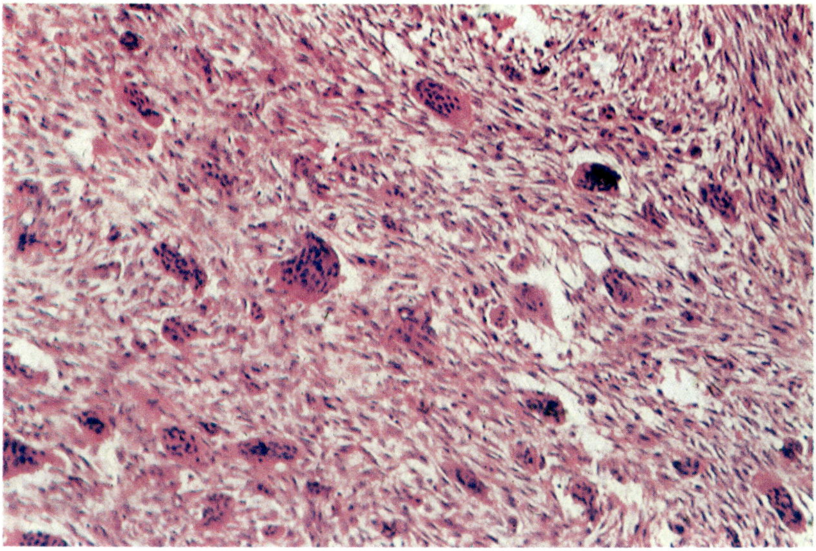

Fbg.HE, Vergr.120×

1. Große Zellen mit unregelmäßig gelagerten, zahlreichen Zellkernen
2. Bindegewebe zwischen den Riesenzellen

[3. Nicht verhornendes Plattenepithel (Mundhöhlenschleimhaut)]

Chondrom

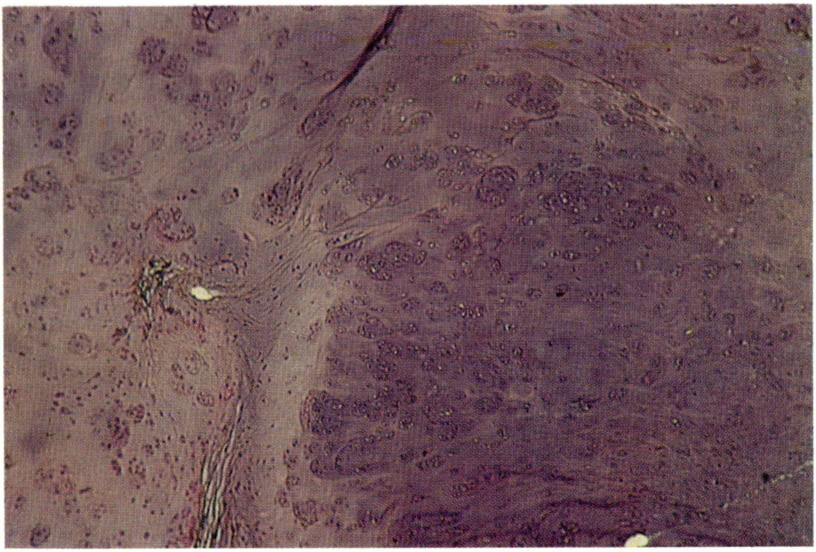

Fbg.HE, Vergr.30×

1. Große Knorpelähnlichkeit
2. Stroma mit Gefäßen fehlt
3. Kernpolymorphie
4. Regressive Veränderungen:
   a) Nekrose
   b) fettige Umwandlung
   c) schleimige Umwandlung
   d) Zystenbildung
   e) Verkalkung
   f) Verknöcherung

Arten:

a) Ekchondrome (Matrix: Periost)

b) Enchondrome (Matrix: Orte, die fetal knorpelig angelegt waren)

Hirntumoren

1. Gliome
   a) Astrozytom
   b) Oligodendrogliom
   c) Spongioblastom
   d) Glioblastoma multiforme (malignes Gliom)
2. Paragliome
   a) Neurinom
   b) Ependymom
   c) Plexuspapillom
   d) Pinealom
3. Gangliozytom
4. Medullobastom

Astrozytom

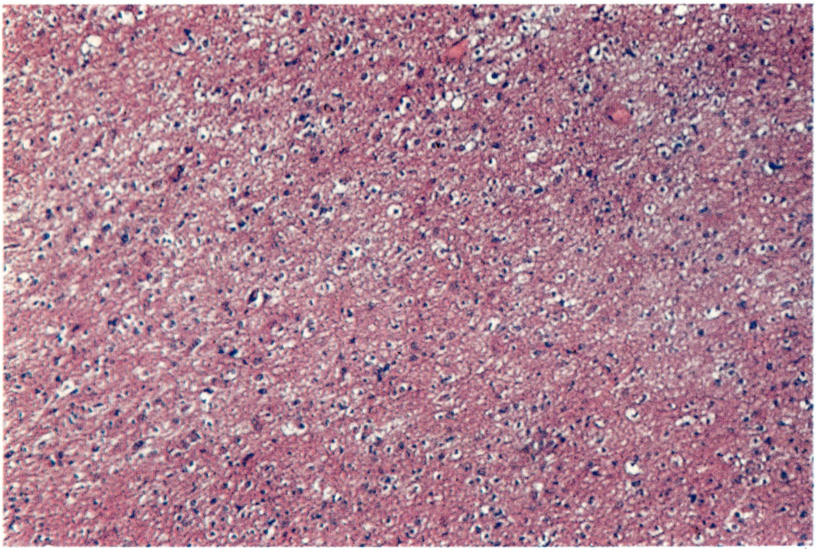

Fbg.HE, Vergr.120×

1. Dichte Lagerung gewucherter Astrozyten mit mäßiger Polymorphie
2. Unscharfe Begrenzung zum regelrechten Hirngewebe

Glioblastoma multiforme

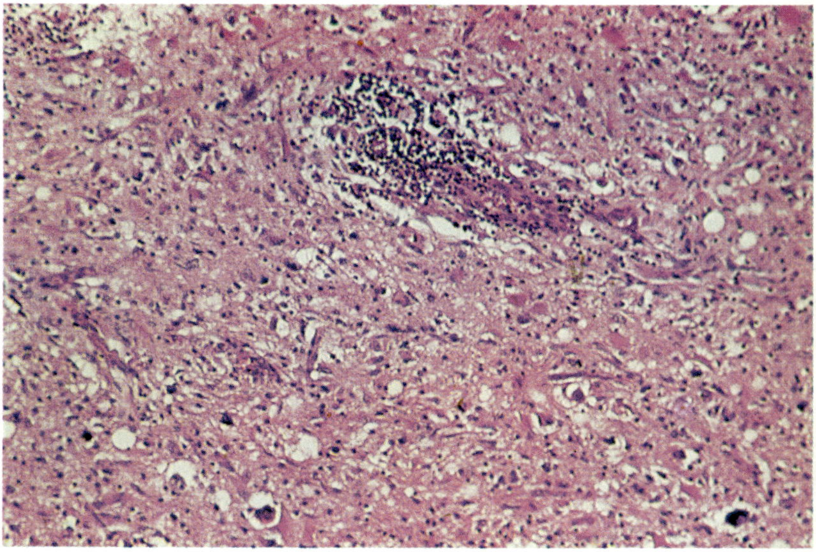

Fbg.HE, Vergr.120×

1. Blutungen
2. Nekrosen
3. Dichte Lagerung stark polymorpher Astrozyten mit hyperchromatischen Zellkernen
4. Erhöhter Kapillarreichtum, Hyperplasie der Endothelien

Neurinom

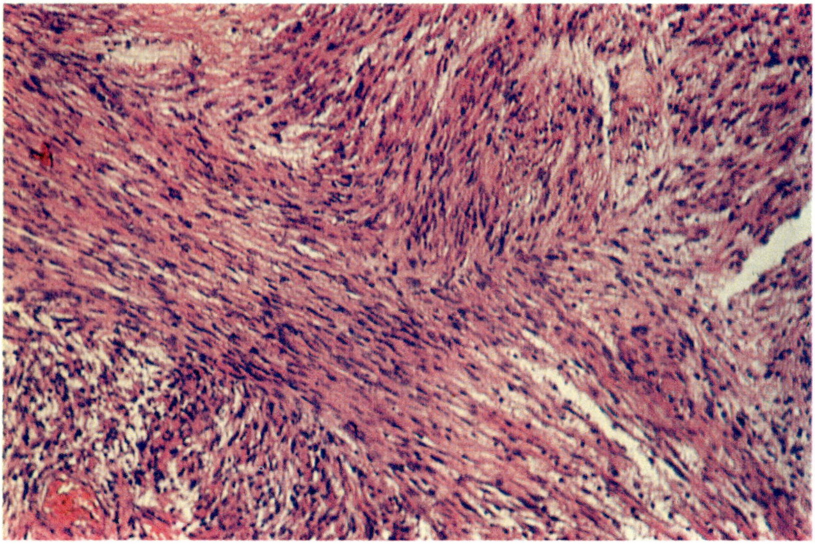

Fbg.HE, Vergr.120×

1. Durchflochtene Züge dichtgedrängter Zellen mit z. T. rhythmischer Anordnung der spindeligen Zellkerne (Palisadenstellung)
2. Lockeres Gewebe, teilweise mit Zystenbildung

a) Neurinom (Schwannom; gewucherte Schwannsche Zellen und Bindegewebe)
b) Neurom (Geschwulst aus Nervenfasern und Ganglienzellen) (z. B. Rankenneurom)
c) Neurofibrom (Fibrom mit Wucherung von Schwannschen Zellen, durch die fast unbeteiligte Nervenfasern ziehen)

Spindelzellsarkom

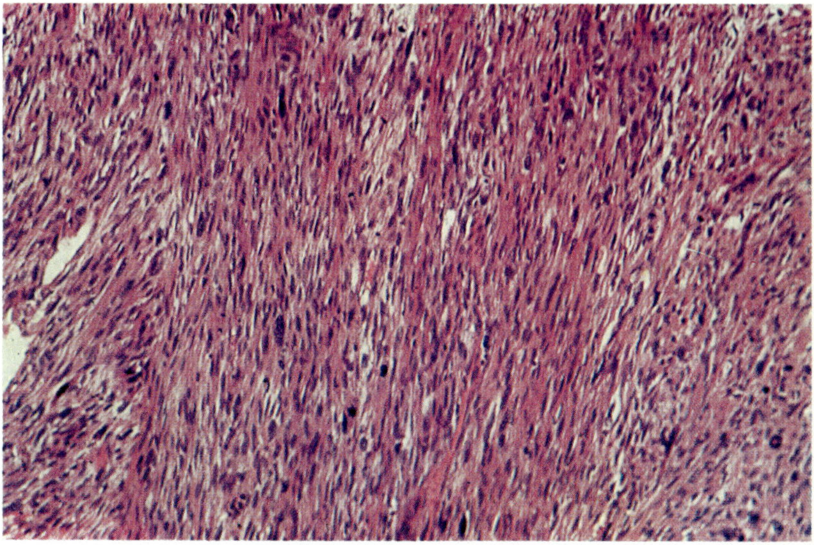

Fbg.HE, Vergr.120×

1. Gleichmäßiges, fibromähnliches Tumorgewebe
2. Breite Stränge dicht liegender spindeliger Zellkerne
3. Mitosenreichtum
4. Wenige kollagene Fasern

1. Undifferenzierte Sarkome:
   a) Rundzellensarkom
   b) Spindelzellsarkom
   c) Polymorphzelliges Sarkom
2. Differenzierte Sarkome:
   Chondro-, Osteo-, Fibro-, Myxo-, Osteoid-, Myo-, Lipo- und Hämangiosarkom

Polymorphzelliges riesenzellhaltiges Sarkom

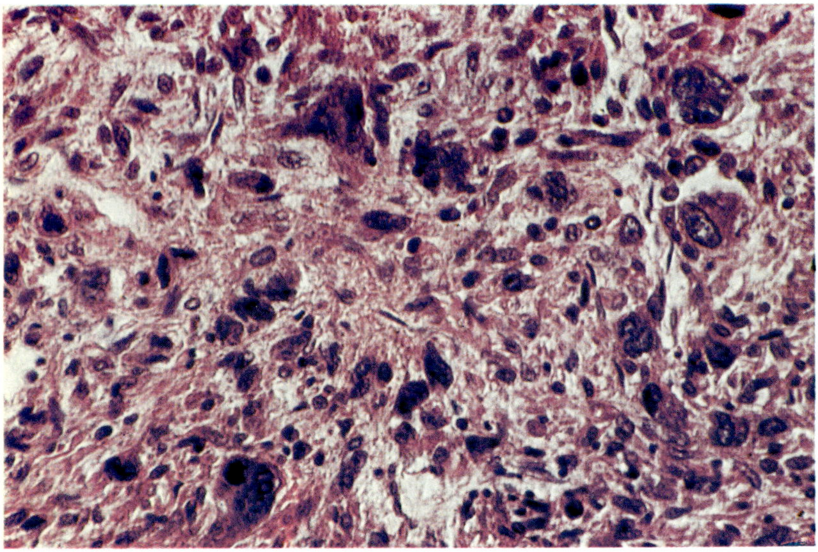

Fbg.HE, Vergr.300×

1. Anordnung der Zellen oft in Zügen
2. Riesenzellen
3. Starke Polymorphie der Kerne und Zellen

Osteogenes Sarkom

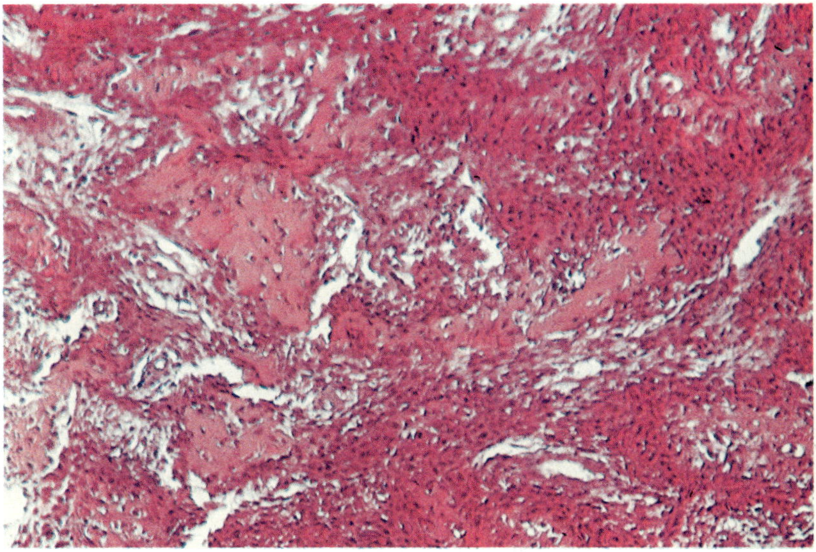

Fbg.HE, Vergr.120×

Vielfältiger Aufbau:

1. Osteoidbälkchen, an denen Tumorzellen wie Osteoblasten lagern
2. Kollagene Fasern zwischen den Zellen
3. Atypischer Faserknorpel
4. Myxomatöse Gewebsformationen und solche mit Spindelzell-Charakter

Retikulosarkom

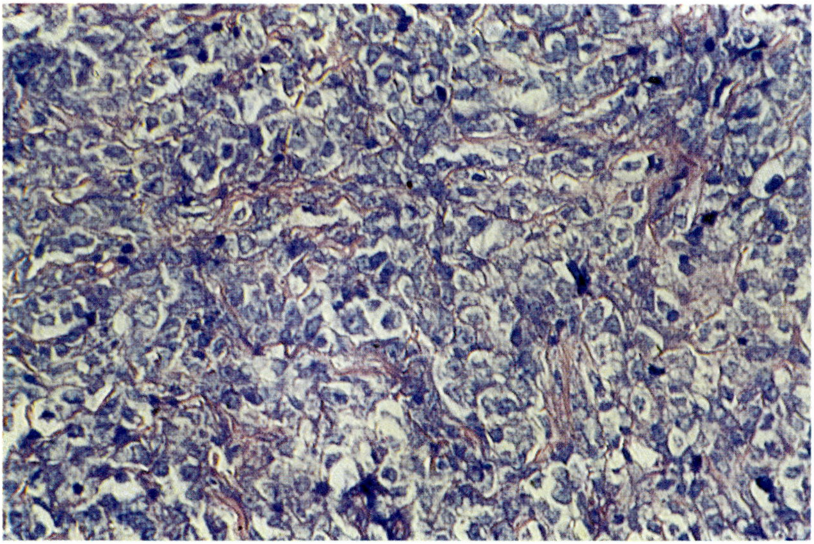

Fbg.HE, Vergr.300×

1. Dichte Lagerung von polymorphen, atypischen Retikulumzellen
2. Bläschenförmige Kerne mit deutlichen Nukleolen

Fibroadenom der Mamma

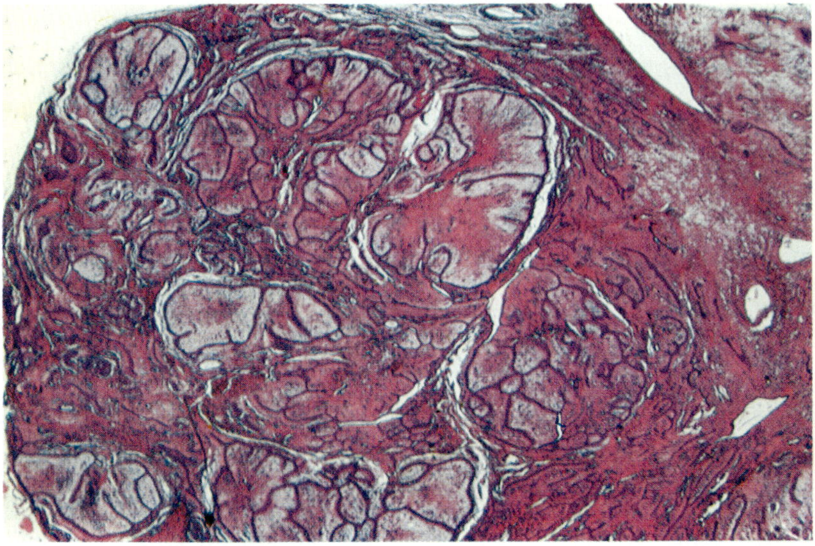

Fbg.HE, Vergr.12×

I. Bindegewebige Kapsel
II. Wucherung des:
  1. Milchgangsepithels
  2. Bindegewebes
    a) es liegt locker um die Milchgänge (perikanalikuläres Fibroadenom)
    b) oder es drückt die Gangepithelien gegeneinander (intrakanalikuläres Fibroadenom; siehe Abbildung)

Papillärer Polyp der Dickdarmschleimhaut

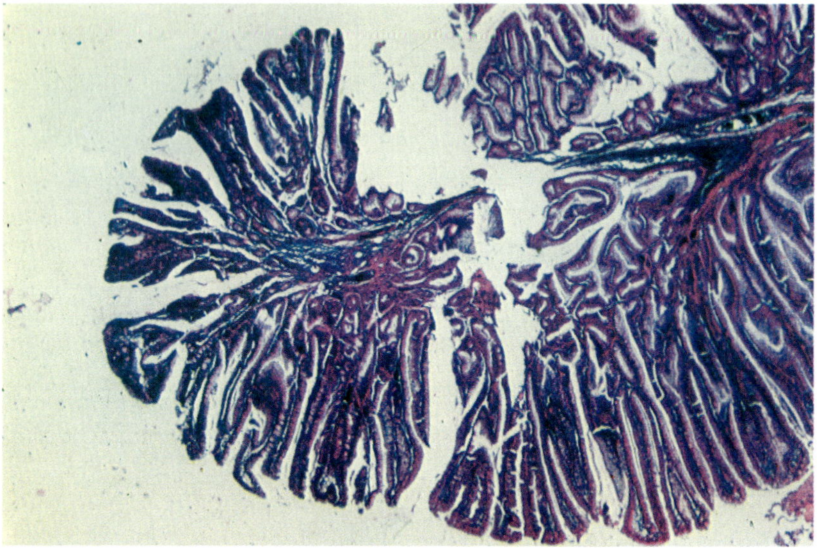

Fbg.HE, Vergr.12×

1. Regelrechte Rektumschleimhaut am Objektrande
2. Papillen, die mit Zylinderepithel überzogen sind
3. Unregelmäßige Anzahl und Lage der Becherzellen (wo sie fehlen, liegen die Zylinderzellen sehr dicht, „sich schiebende Kerne")

Papillom der Harnblase

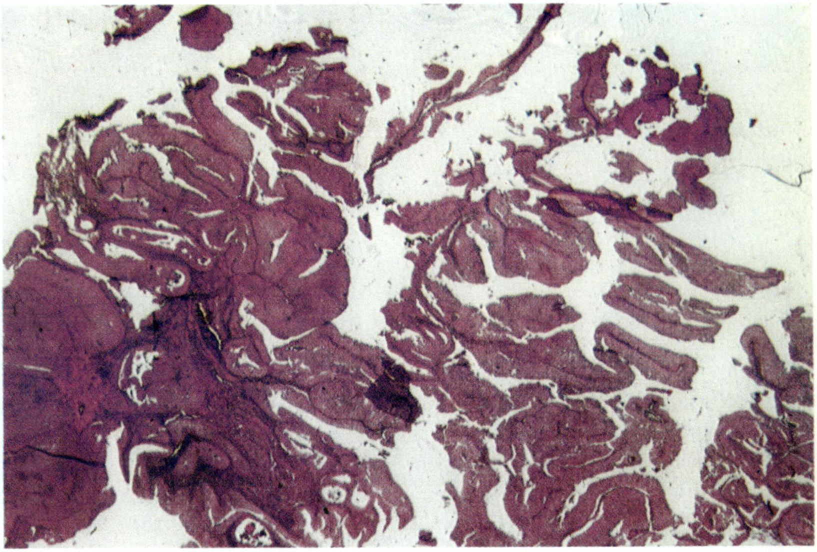

Fbg.HE, Vergr.12×

Verzweigte bindegewebige Äste, die von einem mehrreihigem Übergangsepithel überzogen sind

Pseudomuzinöses Kystom des Ovars

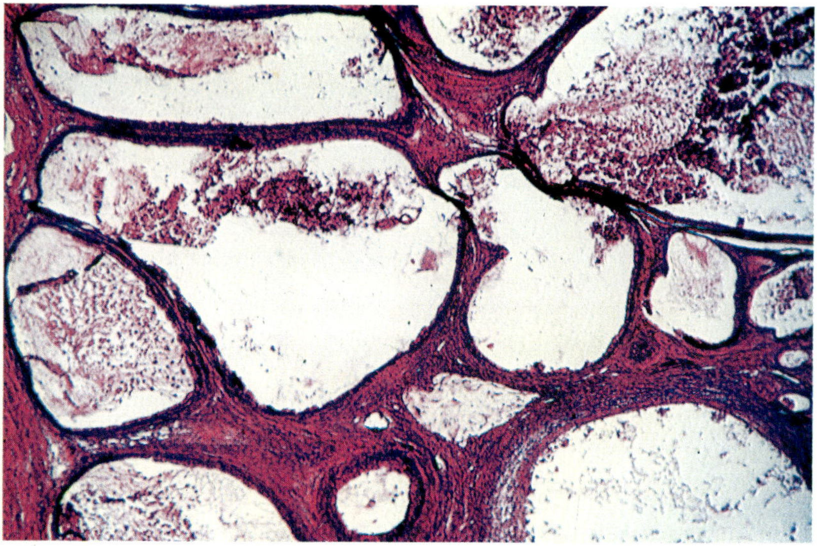

Fbg.HE, Vergr.30×

1. Wechselnd große Hohlräume, ausgekleidet mit einschichtigem, sekretbildenden Zylinderepithel, dessen Kerne an der Basis stehen
2. Bindegewebskapsel

- Kystom
  - pseudomuzinös
    - simplex
    - papillär
  - serös
    - simplex
    - papillär

Pseudomuzinöses Kystom des Ovars

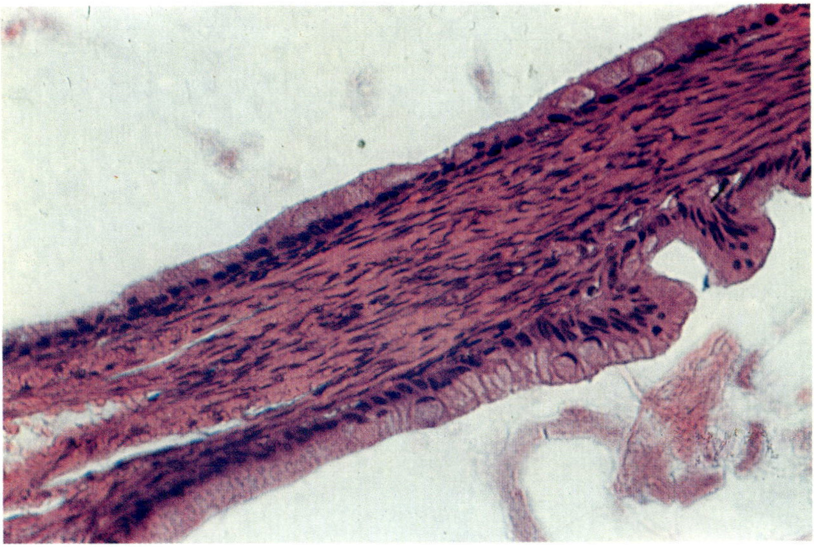

Fbg.HE, Vergr.300×

Einschichtiges, hohes Zylinderepithel mit basalen Zellkernen

Seröses papilläres Kystom

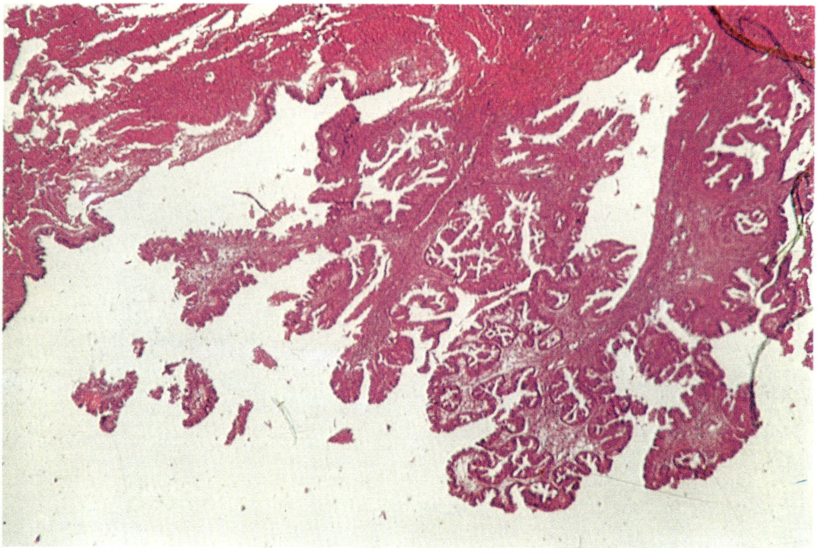

Fbg.HE, Vergr.30×

1. Wechselnd große Hohlräume mit papillären Wucherungen, bedeckt von einem zylindrischen Epithel, dessen Kerne zentral liegen
2. Bindegewebskapsel

Szirrhöses Magenkarzinom

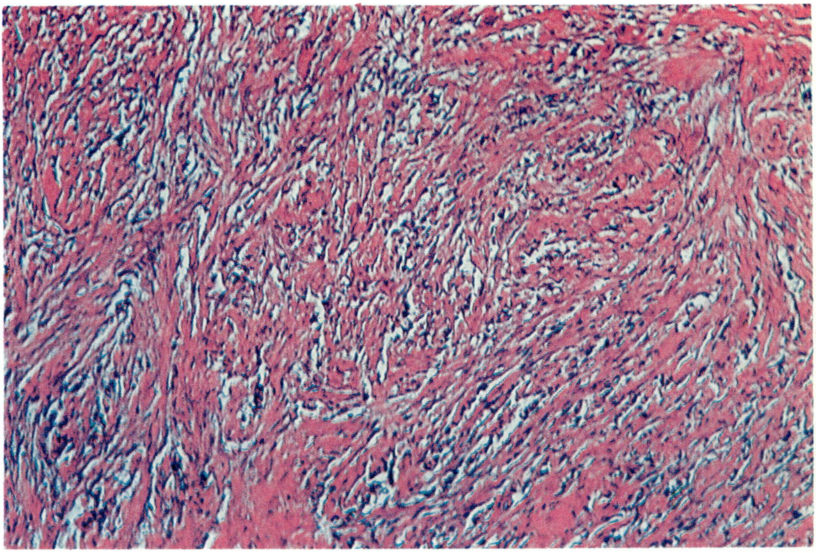

Fbg.HE, Vergr.120×

Diffuse Infiltration (kleine Nester und schmale Stränge) der Muskelschicht mit kleinen dunklen Tumorzellen, die im Interstitium zerstreut liegen.

Carcinoma solidum simplex der Mamma

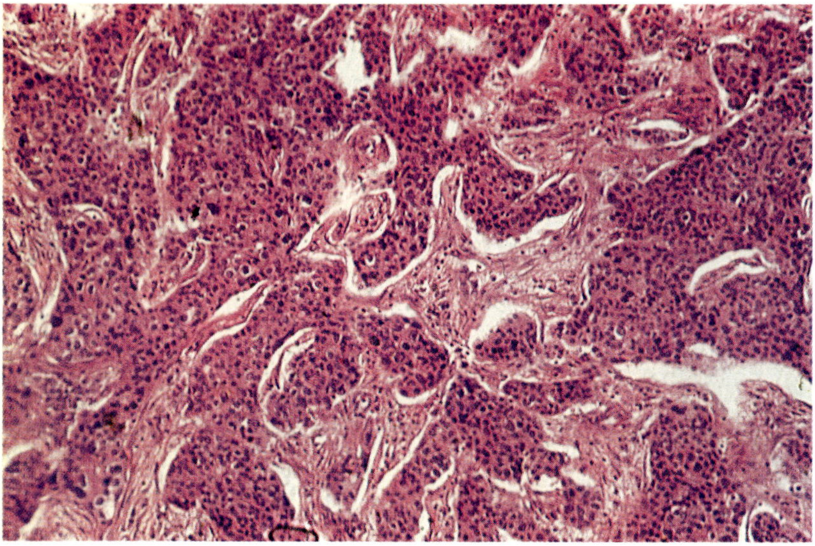

Fbg.HE, Vergr.120×

Große Komplexe und Stränge aus dichtgelagerten, undifferenzierten Epithelzellen, dazwischen Bindegewebe

Carcinoma solidum medullare der Mamma

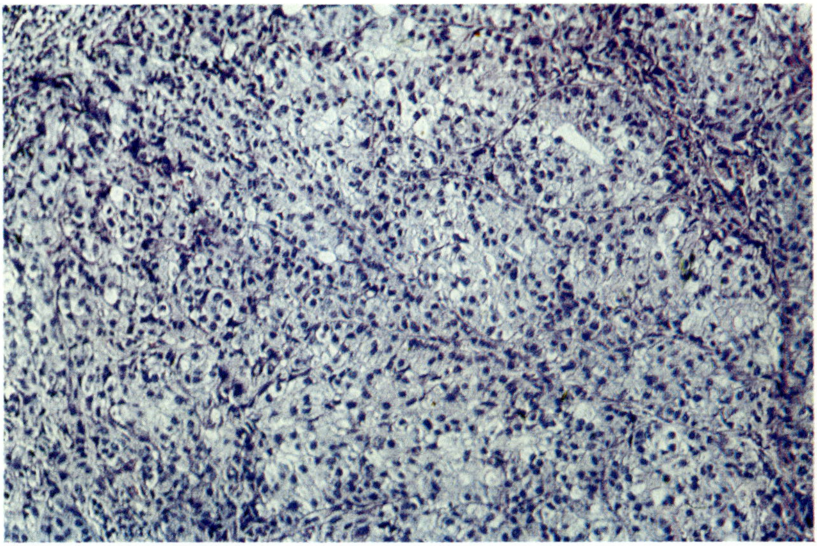

Fbg.HE, Vergr. 120×

Breite Stränge aus Tumorzellen, die durch feine Bindgewebssepten mit Lymphozyteninfiltraten unterteilt sind

Zellulär undifferenzierte Formen*:

1. a) Carcinoma solidum scirrhosum: Stroma überwiegt, wenige Tumorzellen
   b) Carcinoma solidum simplex: etwa gleiche Anteile von Stroma und Tumorparenchym
   c) Carcinoma solidum medullare: Tumorparenchym überwiegt
2. Carcinoma adenomatosum
3. Carcinoma papilliferum
4. Carcinoma dissolutum

* *nach von ALBERTINI*

Gallertkarzinom

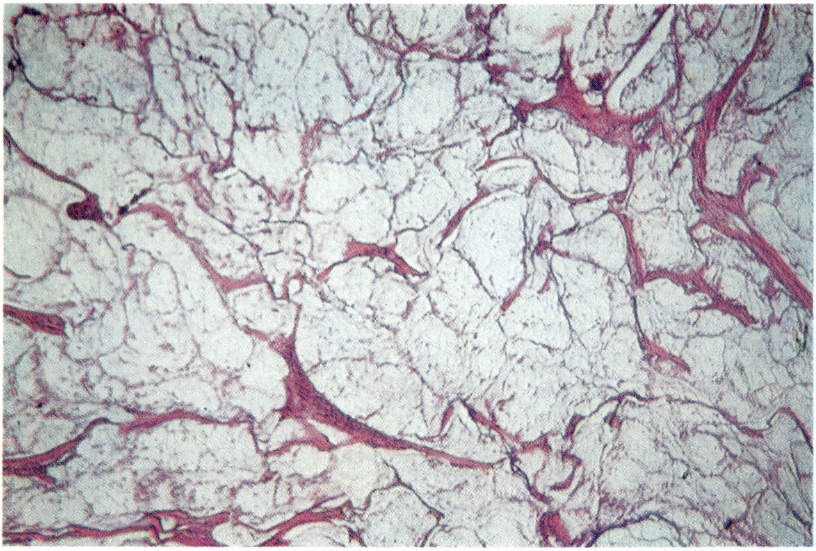

Fbg.HE, Vergr.48×

1. Stränge und Haufen von Tumorzellen und Siegelringzellen in einer schleimigen Masse
[2. Solides Tumorgewebe als Abgrenzung der Schleimmassen zum regelrechten Parenchym]

Adenokarzinom des Rektums

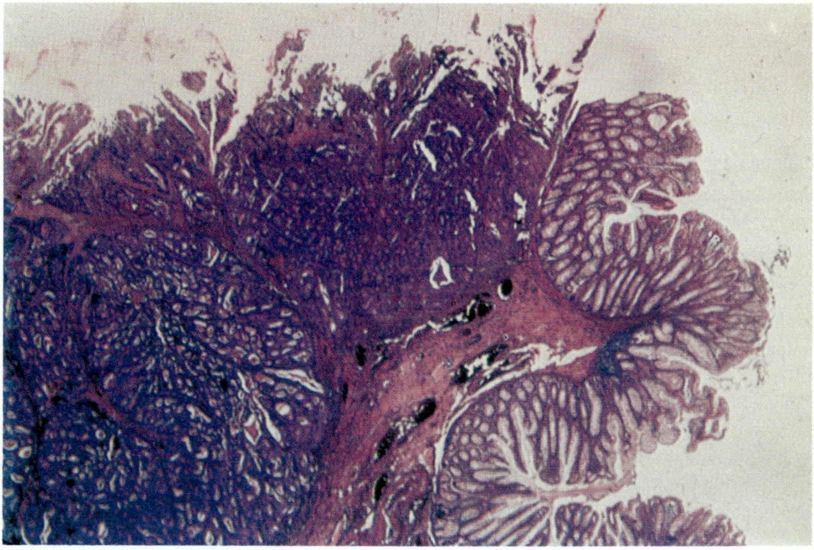

Fbg.HE, Vergr.12×

1. Regelrechte Schleimhaut im Randgebiet des Präparates
2. Im Tumorbereich atypische Drüsen aus mehrreihigen zylindrischen Zellen mit basophilem Zytoplasma
3. Zahlreiche Mitosen

Verhornendes Plattenepithelkarzinom

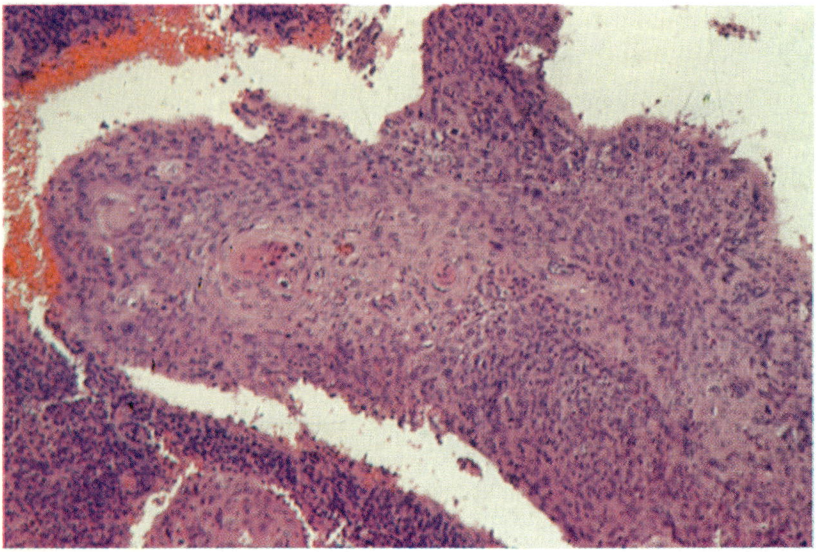

Fbg.HE, Vergr.120×

Imitation der Epithelschichtung:

a) der Zapfenrand besteht aus basalzellähnlichen Zellen (kleine Zellen mit runden Kernen)
b) nach innen folgt eine Schicht mit größeren, abgerundeten Zellen; Hyperchromasie und Polymorphie deutlich ausgeprägt (entspricht der Stachelzellschicht)
c) im Zentrum befindet sich die Hornperle (entspricht der Hornschicht)

Plattenepithelkarzinom (Lymphknotenmetastase)

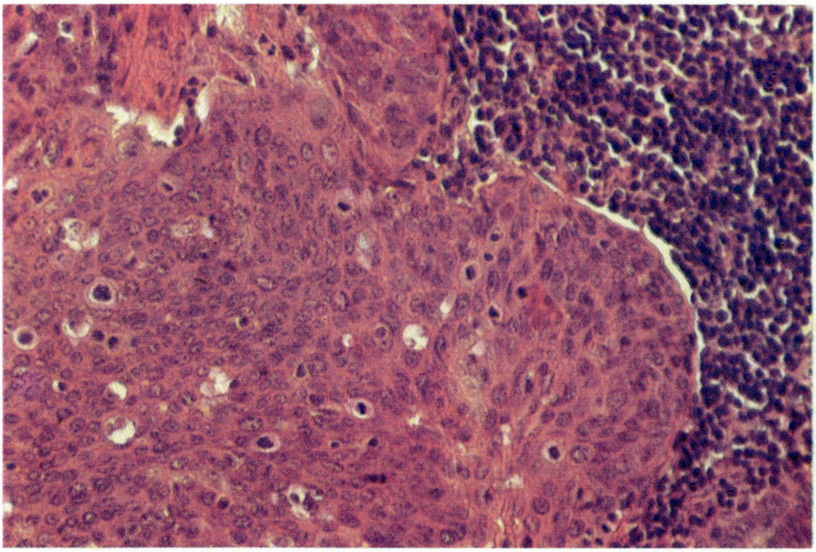

Fbg.HE, Vergr.300×

1. Epithelzapfen und -bänder mit deutlicher Hyperchromasie und Polymorphie der Zellkerne
2. Zwischen den Strängen Reste vom Lymphknotenparenchym

„Oat cell“ - Karzinom eines Bronchus

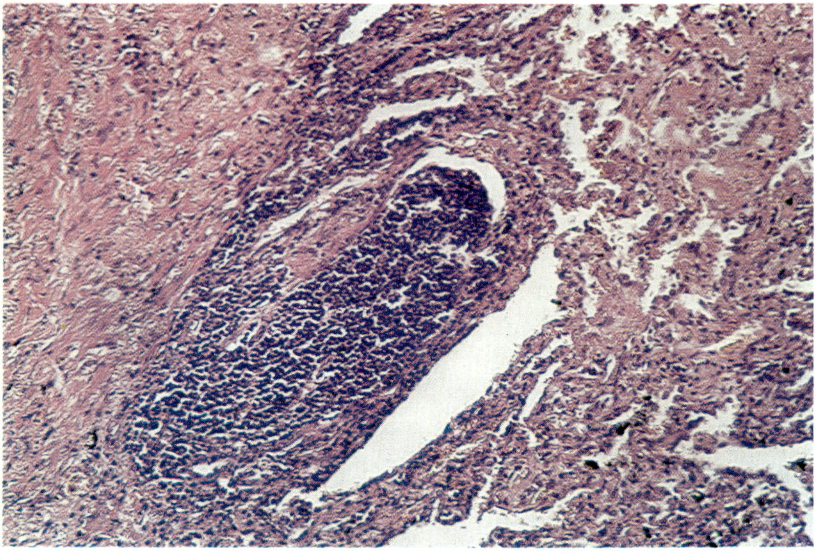

Fbg.HE, Vergr.120×

1. Breite Stränge von dichtgelagerten, kleinen Zellen
2. Zellkerne hyperchromatisch und haferkornähnlich

Chorionepitheliom (Choriokarzinom)

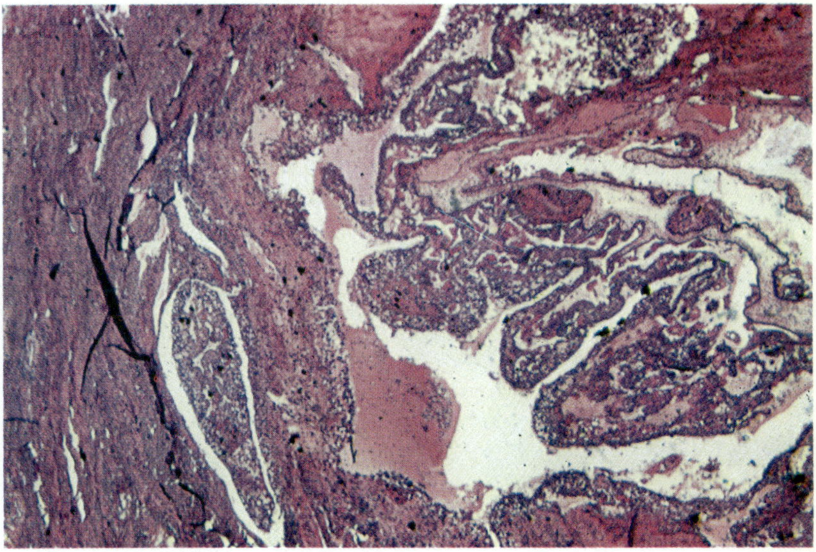

Fbg.HE, Vergr.12×

1. Maligne Wucherung des Epithels der Chorionzotten
2. Synzytiale Riesenzellen
3. Keine Zotten
4. Ausgedehnte Nekrosen und Blutungen

Seminom des Hodens

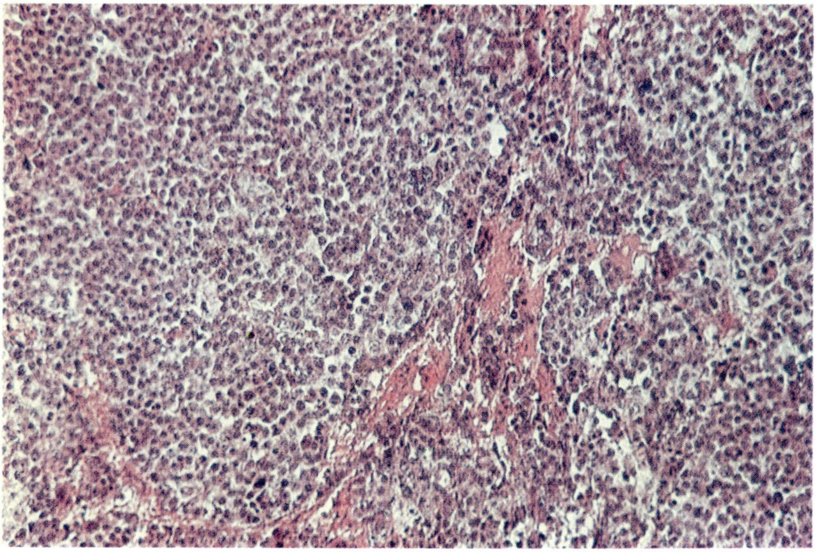

Fbg.HE, Vergr.120×

1. Wechselnd große Felder aus dichtliegenden Tumorzellen, eingerahmt von zarten, lymphozytär infiltrierten Bindegewebssepten
2. Atrophische Samengänge am Tumorrande

Basaliom

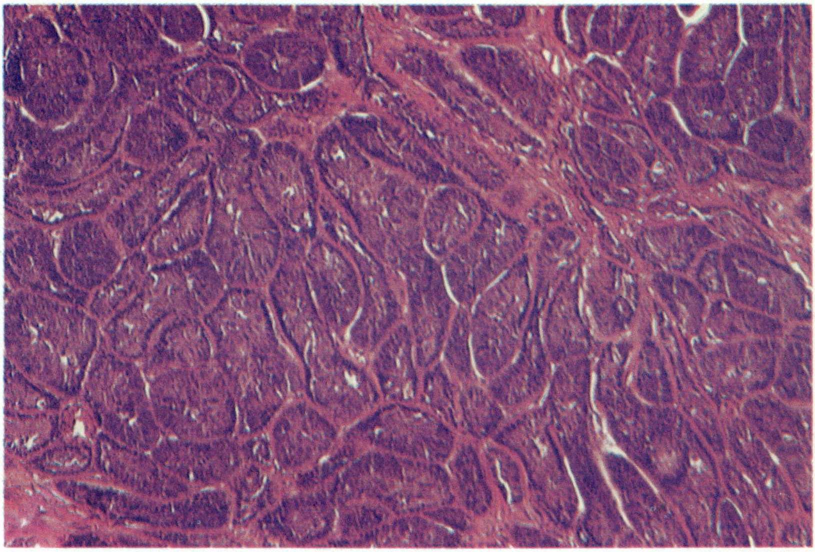

Fbg.HE, Vergr.120×

1. Solide Zellstränge und Komplexe im Korium
2. Basophile Zellen mit spindeligen Zellkernen stehen am Komplexrande palisadenförmig, im Innern liegen sie ungeordnet

Naevus pigmentosus papillomatosus

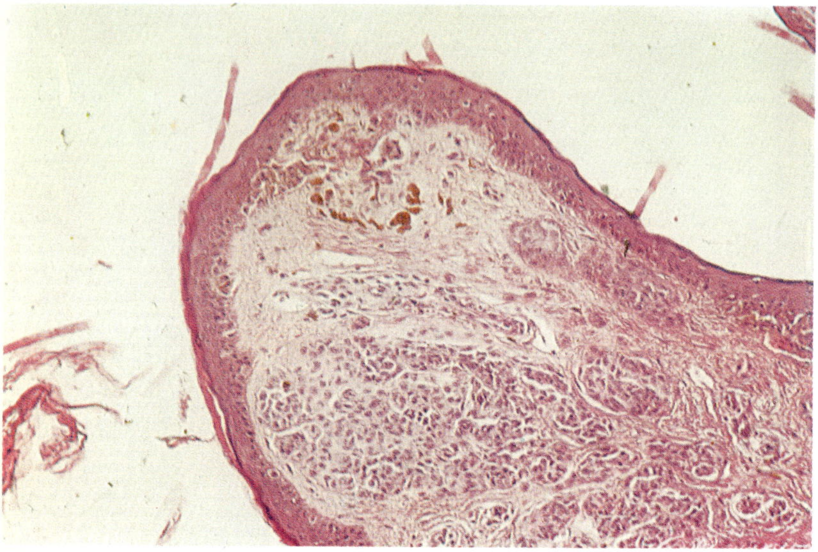

Fbg.HE, Vergr.120×

1. Akanthose
2. Zellnester (Melanozyten) im Korium, die in Zellstränge übergehen
3. Unscharfe Begrenzung zum regelrechten Gewebe

1. Gutartiges Melanom
   a) epidermogener Pigmentzellnaevus (neuroektodermaler Ursprung)
   b) kutaner Naevus (Mongolenfleck) (mesenchymaler Ursprung)
2. Malignes Melanom

Malignes Melanom

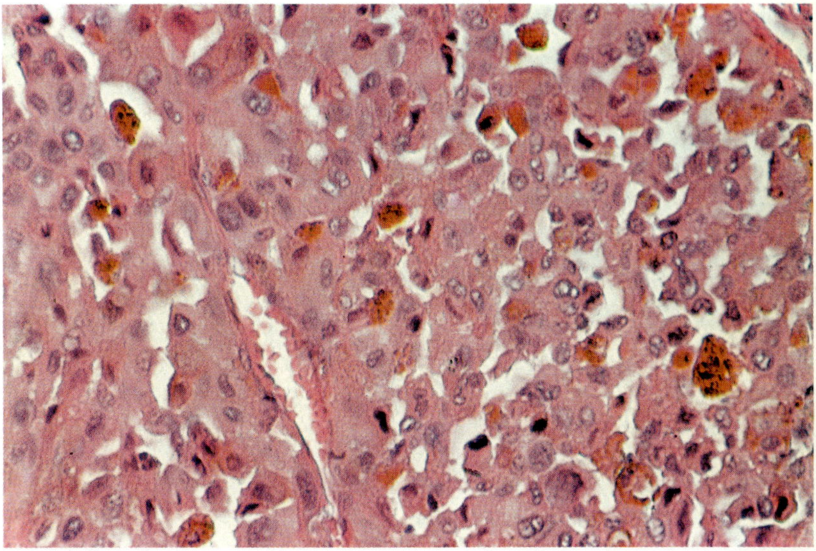

Fbg.HE, Vergr.300×

1. Polymorphie und Hyperchromasie der Zellkerne
2. Karzinom- oder sarkomähnliche Bilder
3. Mestatasen mit und ohne Pigment

Hypernephrom

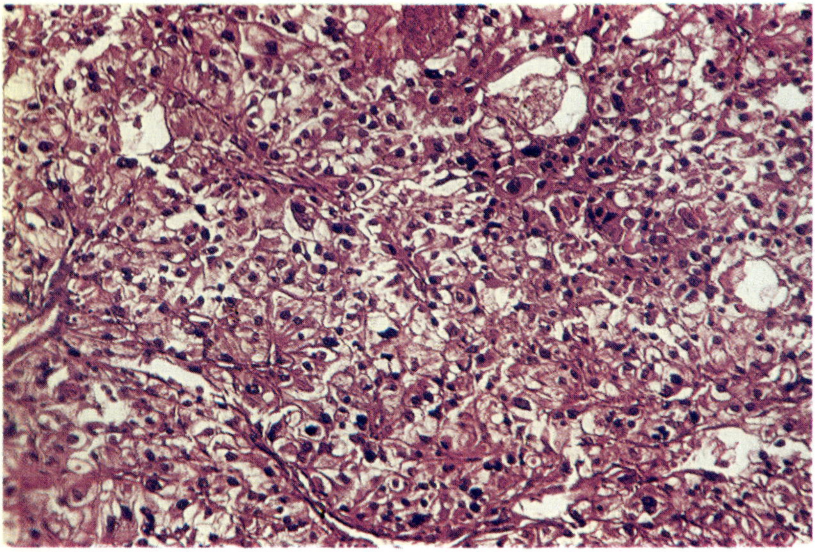

Fbg.HE, Vergr.120×

1. Stränge aus Zellen mit pflanzenzellartigem Charakter
2. Schmale Bindegewebssepten

[3. Atrophisches Nierengewebe am Tumorrand]

Speicheldrüsenmischtumor

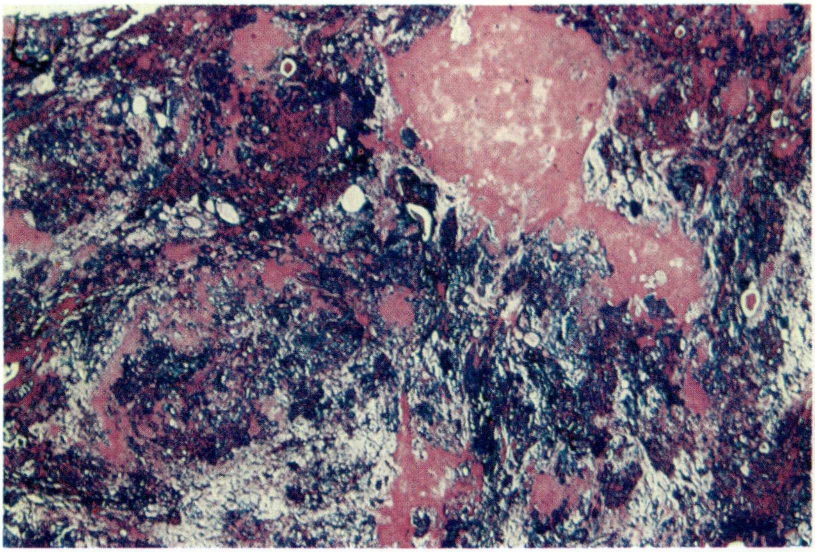

Fbg.HE, Vergr.12×

Homogene Grundsubstanz, darin enthalten:

1. Schleimähnliche Abschnitte
2. Formationen:
   a) epitheliale
   b) drüsenähnliche
   c) knorpelähnliche

Teratom des Ovars

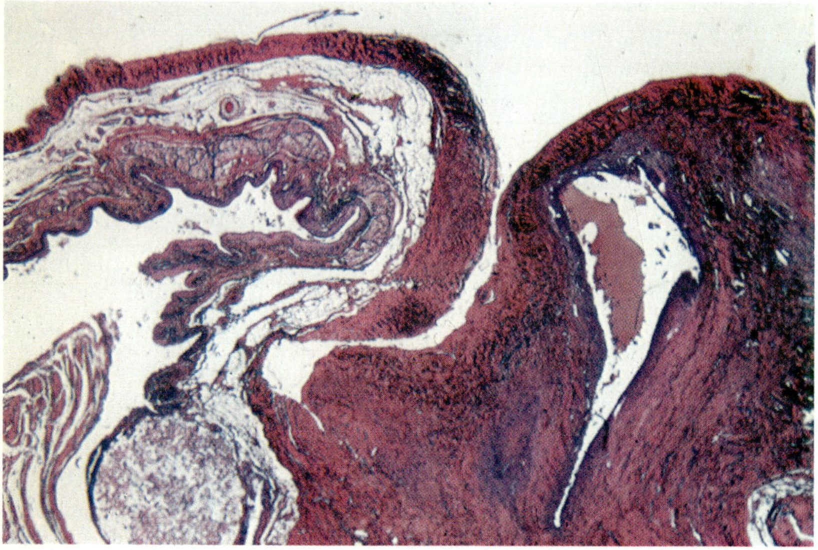

Fbg.HE, Vergr.12×

Mischgeschwulst (Matrix: alle drei Keimblätter), die verschiedene, voll ausdifferenzierte Gewebearten enthalten kann.

Typ des großzystischen Teratoms

Register

A

B

C

D

E

F

G

H

I

K

L

M

N

O

P